诗歌三曹

王翔◎著

中国财经出版传媒集团
中国财政经济出版社

图书在版编目（CIP）数据

诗歌三曹／王翔著．—北京：中国财政经济出版社，2017.7

ISBN 978－7－5095－7441－6

Ⅰ．①诗… Ⅱ．①王… Ⅲ．①曹操（155－220）－诗歌研究②曹丕（187－226）－诗歌研究③曹植（192－232）－诗歌研究 Ⅳ．①I207.22

中国版本图书馆 CIP 数据核字（2017）第 093027 号

责任编辑：潘　飞　　　　责任校对：徐艳丽
责任印制：刘春年　　　　版式设计：丁丁图文

中国财政经济出版社出版

URL：http://www.cfeph.cn

E－mail：cfeph@cfeph.cn

社址：北京市海淀区阜成路甲 28 号　邮政编码：100142

营销中心电话：010－88190406　北京财经书店电话：010－64033436

北京时捷印刷有限公司印刷　各地新华书店经销

787×1092 毫米　16 开　15 印张　180 000 字

2017 年 7 月第 1 版　2017 年 7 月北京第 1 次印刷

定价：42.00 元

ISBN 978－7－5095－7441－6

（图书出现印装问题，本社负责调换）

本社质量投诉电话：010－88190744

反盗版举报热线：88190492　88190446

序言

曹操父子，是汉末三国一段历史的缔造者，皆一时之豪杰，路人皆知。至于他们的诗文，在文学史上也是众口一词，推崇备至，如说曹操诗如“幽燕老将，气韵沉雄”，曹丕是“三河少年，风流自赏”，曹植如“人伦之有周孔，鳞羽之有龙凤”，可谓盖世无双。清人王士　说：“汉魏以来，二千余年间，以诗名其家者众矣。顾所号为‘仙才’者，唯曹子建、李太白、苏子瞻三人而已。”其实，李白和杜甫也都对三曹，尤其是曹植，推崇有加。读者也许还熟悉这几句话：“天下才共一石，曹子建独得八斗，我得一斗，自古及今共分一斗。”在孤傲的谢灵运眼里，古往今来也只有曹植能让自己五体投地了。今天的普通读者，对唐诗宋词耳熟能详，可对三曹的作品又了解多少呢？除了那首来历可疑的“七步诗”，大约也只有曹操的“老骥伏枥，志在千里”、“对酒当歌，人生几何”等只言片语了，至于曹丕的诗，更是知音难觅。

三曹诗不受大众待见，原因不外乎有二：一是人们的文学趣味发生了变化。三曹诗主题有鲜明的时代特色，抒情方式直接，语言繁缛整饬，离开了时代背景就难以欣赏；唐宋诗词多表达个性化情感，含蓄且有韵味，精致而多样，可以超越历史而直接触动读者的心灵。后人喜欢唐宋诗词的情韵悠然，三曹诗也就渐渐淡出了时尚。另一个原因是阐释不足。三曹诗无论是在内容还是在诗艺上，相对于唐宋诗词而言，都较为直接明了，发挥、探索的空间小，虽然历代不乏推崇的学者，但其研究和推介的力度远不能与唐诗宋词相比，影响了大众的接受。这两个理由，互为因果。与诗歌相似的是对三曹人格的历史认知，面对有限的事实，褒贬态度却有过多次反转，这不但模糊了三曹的面貌，也影响了对他们诗歌的判断。

三曹诗在一定程度上是属于历史的，也正是历史遮蔽了三曹诗的价值，只有回到那个风云变幻的时代，回到丰富而生动的历史现场，才能让我们重新感受那些杰出的生命，感受历史中那一份苦难和才情，才能使那些直接而朴拙的抒情具有冲击力，使繁缛而整饬的修辞再次焕发出迷人的魅力。理解三曹的诗离不开历史和故事，而专家太执着于观念，常常会把好好的故事讲得很无趣，这就使得三曹诗不能接地气，也无法打动人心，所以只能让三曹在文学史教材上白白占据个好位置。倒是眼前这本书，是存心讲给大众听的，人物、故事、诗文，浑然一体，以人品诗，以诗论人，总之是能给读者一个全乎的印象。作者能做到尊重学问，也尊重自己的感悟，还能尊重读者，不掉书袋、不故作高深，无论是事件还是诗文，都存个从头讲起的耐心，还能娓娓道来，这就让三曹及其作品有趣、生动，让读者觉着亲切，也有可能让读者质疑，有对话的愿望。

作者王翔读书时好学深思，时有妙想；教书时用心钻研，授人以渔。一个年轻的中学教师，能讲到百家讲坛，并将讲稿付梓，学识和文才都得有些功夫才行，这于王翔的职业生涯，算是小有所成。三曹，本来不是一个中学老师的课题，但王翔却能利用自己课堂上攒就的本事，举重若轻，绘声绘色，既让这个课题变得大有趣味，也丰富了我们理解古代作品的方式，值得一再击节赞赏。

过常宝

引言

中国人看一个家庭成功与否，与其他国家不一样，一般都会多一重标准，就是不仅仅要求老子英雄，也要求儿子必须好汉。老子不怎么样，儿子要是有出息，父子一并荣耀。要是老子英雄，儿子没出息，老子都会受连累。所以，刘邦夺了天下，刘老爹也就成了成功人士，可以树碑立传；后梁太祖朱温看着后唐皇帝——年轻的李存勖攻破了自己的军事重镇，很是自责地说："生儿子就该生李亚子（李存勖的小名）这样的，我的儿子那简直是猪狗"，一着急连自己都骂了；曹操大军南下，看到孙权军容整齐，也不住地夸赞道："生子当如仲谋（孙权的字），刘表的儿子那简直就是猪狗。"虽然还很清醒没评价他自己的儿子，但是，曹操看刘表的成败时，也是父子一起看的。说得更通透一些，中国人评价一个家庭，往往是父子两代人绑在一起来看，尤其是对那些优秀的家庭。

更重要的是，与今天有的家长的心理不同，我这么说今天的人是因为很多家长都不敢把当年自己的试卷拿出来给人看，生怕露了怯，可对孩子的要求简直高到天上去。自己没能做到的，强加到孩子身上，这不就是强人所难吗！古人不同，他们自己很优秀，期待"龙生龙，凤生凤"，也就是优秀的基因世代相传，只有这样才能继续光耀门庭。门庭光耀，优秀的东西才不会失传。在宗法社会的古代中国，这几乎是一个家族的全部任务，败家子罪莫大焉。如此一来，中国最难接受的就是后代不如自己，最怕的也是后代不如自己。父与子捆绑在一起比较着看，这是必然。那时，做老子的压力蛮大，如今正好相反。

普通人家尚且如此，优秀的家庭更是如此。原因很简单，优秀的家庭要么最接近最高权力，要么接近最好的文化资源。无论权力还是文化，都决定了整个民族的命运与素质。优秀家庭前进的一小步，就是整个国家、全民族前进的一大步，兴衰都取决于这么几个家庭，没办法不满怀期待。比如，对于古代那些可以左右国家命运的“第一家庭”而言，他们能否做好代际交接，简直关乎全民福祉。一个优秀的第一家庭的“帝业永祚”，不仅仅是皇帝的理想，也是老百姓的企盼。

然而，往往事与愿违。历史上，文功武志，全面发展的“父子兵”寥寥无几。

中国人都知道的也就那么几组杰出“父子兵”。

一个是善写史书的家庭（班彪、班固、班超）。这个家庭还有一位杰出的女史学家班昭，也就是班固的妹妹。另外还有他们家的皇家姻亲班婕妤，也就是《团扇诗》的开创者。他们的文名流传千载，其中班超虽然没有加入这个史书或者文学的创作团队，但是他是首位以“投笔从戎”的硬汉姿态，怀着一种“不入虎穴，焉得虎子”的精神扬名异域的人，为东汉经营西域数十年，就相当于“创造”了历史，那绝对是文人的另一类偶像。这的确是一个超级棒的家庭，男男女女都是优秀人才。

还有著名的“三苏”：老苏苏洵、大苏苏轼、小苏苏辙。在文学史上，很多优美篇章，还有我们的考试背诵的内容，都是这父子三人创作的。唐宋八大家中，苏家居三席，他们的成功不可复制。

但无论是班家，还是苏家，多是在文学、史学的圈子里的龙虎之争中的胜利者，争气的班超也不过是在异域建功立业。从中国人的最“高大上”的“成功观”——立德、立功、立言的“三立观”来看，在功业上他们还是缺了点什么。

这时，应该出场的是周文王、周武王、周公旦父子三人。“一门三圣人”，在父子档中，绝对是迄今中国政坛最耀眼的，一直被后人膜拜却从未被超越。

读古书的时候，我们了解到商汤、文、武就是古代君王的超级偶像，是传说中的超级暴君夏桀、商纣的对立面。于是我们看到很多史书上的雷同情节：某位大臣直言进谏，皇帝龙颜震怒。一旦这位大臣性命不保，就会出现一个戏剧性情节——大臣经常会被拖出去，嘴里高喊“死何足惜！只可惜天下再也没有商汤、文、武这样的圣君了”。一般情况下，这样喊的大臣又会被拖回来，毕竟皇帝也被商汤、文、武的崇高道德绑架了，要是一不小心，成了夏桀、商纣这样的国君，骂名留千载，太划不来了。

周文王父子就能做到这份上，成为历代王朝的道德守护神和精神标杆，可以说绝对对得起历史。但是，这爷儿仨也有硬伤。那就是外圣内王，功业定乾坤没问题，即使传说中周文王写成了《周易》，周公的很多话也汇集在《尚书》里成为古代儒家的经典，可是就文学来看，毕竟没有流传千载的佳作，他们也有些遗憾。

那么，“内兴文业，外定武功”、异常亲民、集万千宠爱于一身的有没有？

如果非要推出一组来，根据综合得分，那么与西周文王父子同列的“天王级”组合的一定是三曹父子（曹操、曹丕、曹植）。此处还值得一提的这个家族中的另两位重量级的人物。那就是曹操那个称象的儿子曹冲，还有曹操的孙子（其实也是“文艺小青年”的魏明帝曹叡）。在中国历史上，这个高端家族所完美作答的“文功武治”的“考题”绝对是难度系数最大的。

当然，要得出一个大家都认同的结论很不容易。因为历史、小说也许给出了别的答案。不过，要是读了三曹的诗歌，我相信一定会使你颠覆不断、惊喜不断。因为评价一个人可以读史书、读小说……但是那些作品都是外人对他们的看法，带着很多第三人不能解决的距离感，客观但是未必全面。但是诗歌不同，这是他们自己的作品，在诗歌这个文学创作的世界里，想掩藏自己都很难，更何况是一拿起笔就突显率真的曹氏父子。所以，在习惯了多少年都用别人的眼光来评价三曹之后，我们可以用三曹的文学作品来理解真实的三曹父子，让他们自己的文学作品来说话、解释甚至评价，这也是本书的写作意义。

当然，本书尚有不足，作为尝试，还请广大读者给予宽容。

王翔

2017 年 2 月

目录

第三章 国之凋零

第四章 歌以咏志

第七章　文人皇帝

第八章　文才风骨

第九章　高树悲风

附　录　三曹诗选

后　记

第一章　丘峦崩摧

对酒歌，太平时，吏不呼门。王者贤且明，
宰相股肱皆忠良。咸礼让，民无所争讼。
三年耕有九年储，仓谷满盈。班白不负戴
……人耄耋，皆得以寿终。恩德广及草木昆虫。

——曹操《对酒歌》

危在旦夕

公元189年可以视为东汉已经灭亡的实际时间。公元220年，曹丕代汉，那只是一个形式问题。一个傀儡般的皇帝无论如何挣扎也无法挣脱历史的选择。

可是，东汉的覆亡足够让很多“葛优瘫”着的人从沙发上跳起来。这是一个让历代史学大家都有应激性反应的大悬案。原因很简单。公元189年，汉灵帝驾崩之后，在一年之内，这个有着近四百年历史的，其间经历过王莽篡汉这样重大考验的大汉帝国，按道理再有些天灾人祸，也不至于一下子分崩离析；就东汉而言，这两百年也呈现过一派繁荣的景象，国家的各项“体检”指标大多还正常。换句话说，衡量一个国家强大与否的所有数据，都证明东汉一切“正常”，都给不出必然轰然倒塌的理由。

可是，公元189年汉帝国突然出现宫廷政变、军阀割据、生灵涂炭，一下子原本还算平静的帝国，突然成了一盘散沙，黄河两岸、长江南北再也没了往日的风光。

这一年，不仅老皇帝死了（虽然这位老皇帝只有三十多岁），新皇帝也死了，最后又换上了另一个皇帝。想干掉宦官的外戚被宦官干掉，各路诸侯（或军阀）又干掉了宦官。但是唯一不变的是老百姓，正所谓：兴，百姓苦；亡，百姓更苦。讽刺的是这一年的年号却是“初平”，乱到了这个地步，“初平”是多么痛的领悟!

很多官吏都没有准备，比如曹操。

第一个明显证据就是在这样重大的事情发生前的五年的一天，曹操还写下一首非常奇特的篇章——《对酒歌》。这首诗基本上是诗歌运用散文的写法，说明文当成歌曲来唱的创作思路。

对酒歌，太平时，吏不呼门。王者贤且明，宰相股肱皆忠良。咸礼让，民无所争讼。

这几句话翻译成现代汉语意思就是说对酒当歌，国家太平时，那就是官吏安于本职，不会弄得到处鸡飞狗跳；国君贤良英明，宰相以及百官各个出色，天下一片礼让；百姓和谐相处，公堂可罗雀。这简直就是天下大同的样子。

曹操最初对东汉政府的期盼大概也就是这个样子，直到今天我们都感觉这就是世界大同的基本特征。而且，并没有什么劳作经验的曹操，还心系农业生产。在农业为本的社会里，所谓的父母官就是让百姓不经受战乱之苦、苛捐杂税之苦、天灾之苦，这样才能吃饱饭、不饿肚子、人心安稳。几千年来，中国老百姓的诉求，恒定在这样的标准之上。

看来曹操没少下乡。按照汉朝对百官的要求，百官得不断地巡视。曹操也曾总结出了他的农业理想，希望他治下的那些百姓过上这样的生活。

三年耕有九年储，仓谷满盈。斑白不负载。雨泽如此，百谷用成。却走马，以粪其土田。

这几句诗的意思是说春耕冬藏，百姓有余粮。老人受人尊敬，百姓生活得到上天的保佑，风调雨顺，庄稼丰茂，没有劳役之苦。马匹只剩下马粪可用（用来促进植物生长）。

看曹操这些话的时候，我们绝对想不到这竟然是改造文章的一代宗师所写出来的。这样的朴素的话，绝对是田间地头的老百姓的话。但是，曹操竟然写入了诗歌，即使淳朴的民歌也不会有这样的写法，看来曹操是铁了心写诗，要把散文的语言写进诗里。后世的苏轼等诗人大概就从曹操这里受到了启发。更重要的，把日常的农活写进自己诗歌里的写法，今天看来，也不是陶渊明的首创。其实曹操虽然没有“带月荷锄归，草盛豆苗稀”的句子，但是真的农活，他还是亲眼见了不少，把老百姓为了收成所付出的一切看在了眼里。

在《三国演义》中，一个抹黑曹操的著名片段就是曹操规定行军时不要践踏庄稼，违令者斩。后来曹操自己的马跑进了田里。按道理要重罚，结果曹操在执法官的极力劝阻下，没有以身殉法，只好割下自己的一缕胡须交给执法官。相当于用父母所授发肤代替肉身来认罪，以儆效尤。

由此，很多人就开始对曹操进行猛烈的攻击，认为他是个虚伪的人。但是我们要知道，古人认为身体发肤受之父母是轻易不能损毁的。而且曹操知道“民以食为天”，也是真正了解民生艰难的人。这种动不动就视之为“演戏”的思路其实才是最大的套路。

当然，大多有套路的人是不读诗的。

而且，曹操对自己的执政理念也有过一个雏形，那就是重刑名之法。他觉得理想的社会要得以保全，就得经历依法治国的过程。所以，虽然人的高低贵贱已经由国家决定了，但是当官还须为民做主，提倡孝道礼法，还要强调刑法律令。这就是一心为汉朝，道德、律法两手都要抓，两手都要硬的治理方案。

爵公侯伯子男，咸爱其民，以黜陟幽明。子养有若父与兄。犯礼法，轻重随其刑。路无拾遗之私。囹圄空虚，冬节不断。人耄耋，皆得以寿终。恩德广及草木昆虫。

虽然这首诗里面已经有了曹操表达的牢骚与不满。他说到如今不如以前太平，帝国的运作也让人感到不甚满意，心里很烦。但是，他所勾勒的那幅美景，东汉政府确实实现过。而且看样子，曹操也不是想通过这一首诗来表达他要另立山头的想法，相反，他觉得自己该为国家做一些事情了。“太平盛世”，终究是文治武功的极致，是人臣的最大追求。当恩德遍及草木昆虫的时候，这也就是天下大同、人间大治的最美时节，想着都令人陶醉。

所以，这样的一个既有政治诉求也有治理方案，还能深入群众，仔细调研的曹操是全身心扑在事业上，要成就一番大事。而且，我们有确切的证据说明曹操写的这首诗，并不只是嘴上说说，表个态度，秀秀自己的高风亮节而已。关键是曹操真枪真刀地干实事——这就是第二个证据。

公元184年，在东汉政府刚刚担任了济南相的曹操，就像公元174年的曹操一样，在他的任上展示了他一贯的从政风格：执法不避豪强，惩处腐败，弘扬正气。

两件事证明他确实有这种政治理想。一是公元174年先依法杖毙了当红太监蹇硕的叔叔蹇图。蹇硕这家伙身体壮硕，和名字比较般配，八面玲珑，深为汉灵帝倚重。汉灵帝曾经授予他上军校尉的官职，除了袁绍这样的声名显赫的贵族子弟不受他节制外，其他诸军校尉都得听命于他，这就相当于把握着天下的兵权。另外，汉灵帝驾崩之前，按照惯例要选择托孤重臣。这个传统我们见过。刘备驾崩之前，那可是穷尽智慧，除了表露真诚，还连哄带骗，外加恫吓，多管齐下地把智力水平无法以正常标准衡量的刘禅托付给诸葛亮。但是大家并没有疑问，诸葛亮除了军事能力还可以商榷外，人品在那个时代绝对是个榜样，把孩子交给他，让人一百个放心。然而，汉灵帝选择的托孤重臣竟然是蹇硕。一个善于逢迎、身体壮硕的太监获得如此崇高的权力地位、如此之深的信任，除了说明汉灵帝早早驾崩也有上天极力解除民瘼的意志之外，也足以说明蹇硕“红”到了什么份上。

这么一个别人逢迎犹恐不及的人物，却接到他叔叔被活活打死的讯息。过程相当简单，一个刚刚到任的首都洛阳北部分局的公安局长（也就是洛阳北部尉），在衙门口两旁各摆放十余枚五色棒，规定有胆敢违法乱纪，挑衅执法部门者，不论身份出身一律乱棍打死。在京官难做的时代，很多人也就是吓唬吓唬大家。这偌大的京城，哪有几个人没有背景？蹇图，也就是蹇硕的叔叔，不信这个，觉得别说一个小小的分局局长，就是总局局长又能拿他如何？他命令手下，该怎么着就怎么着，不用怕这号人物。然后，他的队伍就违反了曹操这个“分局局长”制定的宵禁政策，大半夜地出现在洛阳街头，相当排场，也相当显眼。

曹操真不客气，审清问明，留下确凿的证据之后，下令将其乱棒打死。打死官员，给老百姓一个交代。这就是伟大的交代，反之，是为官的耻辱。就这一顿乱棒，打出了曹操的声望，当然，也打出了危险。

蹇图谁人不知谁人不晓。常言道：“一人得道，鸡犬升天”。有时候是“得道”的人在那个位置上多少还有所敬畏和收敛，“鸡犬”可管不了这么多，往往更嚣张。曹操的手下看曹操玩真的，下手也不含糊，就算为民除害了。蹇图这把老骨头经得起酒色财气，经不起棍起棒落，估计没吃几棒，也就一命呜呼了。

俗话说，打狗还得看主人。这就是打在蹇图的屁股上，疼在蹇硕的脸蛋子上。虽然此事证据确凿，执法记录毫无伪造和篡改的痕迹，蹇硕也只能“打碎了牙往肚子里咽”，但是梁子是结下了。曹操由此“得罪”这么一个人，要是没有豁出一身剐的玩命精神，那肯定不会为了一些草民，在自己头上悬起一个定时炸弹的。报复随时都会到来，一旦来了，那就得用命来偿还。这就是我对那些上来就骂曹操的人非常反感的原因。如果当时是你，你有没有这份胆量？敢不敢为了百姓的平安和法律的庄严，赌上自己的性命？如果没有，骂人的时候先照照镜子，看看自己脸红了没？

第二件事就更了不起了。在汉灵帝时，发生了两次著名的“党锢之祸”，也就是最有良知的知识分子遭到王朝的清洗的大事件。虽然我们不排除里面也有害群之马，但是这股清流以史无前例的责任感与牺牲精神，站在正义的天平之上。结局自然是悲壮的，也是悲惨的。在这个事件发生十余年之后，年轻的曹操上书为这批志士平反。要知道，这就是高危行为，因为任何敏感的政治话题背后都有皇帝的意志。这样为一件王朝“基本盖棺定论”的事件平反，不是喝多了就是活够了，“除非宁为玉碎不为瓦全”。

这样的一个曹操，大家要看清楚，起码也要看清他年轻时的样子：殚精竭虑，死而后已地为汉王朝革除弊害，冲锋陷阵，置生死于度外，毫无畏惧地在战斗。上任之初，曹操就对国家弊政展示出一种零容忍的态度。即使是大崩亡之前的公元 188 年，曹操所做的也是这样的事。

当然，曹操这样做根本没有思想准备：汉王朝，大厦将倾。

历史最神奇的地方就在于我们总想去把握它的规律，但是怎么也没法把握规律决定命运的那一天。就像公元 1911 年的春节，徐世昌还忙不迭地进宫给太后、皇帝请安。几个月后，全国的衙门都挂起了各式各样的五色旗，革命成了时髦的事。曾经拥有一千三百万平方公里国土，十余个附属国的三百多年的大清王朝顿时分崩离析。皇帝竟然成了真正的孤家寡人。

所以，当公元189年到来的时候，即使是曹操也肯定会觉得分外突然。

不解之惑

包括曹操在内，他们一定困惑不解。

古代的一个帝国有很多可衡量的指标，比如人口。东汉末年，人口保守统计也证明东汉在努力地超越前代，全国达到惊人的五千万户。在历史上，能与这个时代一较高下的只有唐、宋、明、清。我们没有当时其他国家的人口数据，考虑到一千五百年后的整个欧洲的人口还不能超越这个数字，我们不能不说，相比之下，在同时期诸多国家的人口基数还是"蚂蚁"的时候，东汉的人口就已经是一头成年"大象"了。

或许，有人会问：那个时候的人口普查是否准确？

这个问题显得有些外行。大名鼎鼎的司马懿曾经做过一个小官：上计掾。这个官职干吗的？就是负责统计上报人口。两汉的时候，有非常完备的人口普查制度——上计制度，就是在天下大乱，献帝西迁时，一些地方官员还克服种种困难，历尽艰辛，向朝廷上计。其中有一个八个字的小故事：

夜行昼伏，乃到长安。(《后汉书·独行列传》)

汉朝一个负责统计人口的小官，在百官竞相逃命的时候，历尽千辛万险，把统计的数据报给汉献帝，这个人就是刘翊。

所以，汉朝的数据非常真实。那么，根据《续汉书郡国志》的数据，汉桓帝时期，虽然人口略有起伏，但汉桓帝永寿三年（公元157年）的时候，东汉人口达到了五千六百五十多万。（《东汉人口的增长演变》）这还不包括一些黑户口，而光武帝中兴的最后一年（公元57年），人口才两千一百万。这哪像是末代？

众多的人口，自然伴随着强大的经济发展。这样说来，如果政治基本正常，人口众多，只有两件事情会导致王朝败亡，一个是农民起义，另一个是外敌入侵。

麻烦在于东汉政府已经基本成功地处理了这两个问题。一是黄巾起义，在汉灵帝时期基本已经平定，并没有直接导致这个国家"非正常死亡"。曹操也曾亲身参加了平乱的战争。二是，边境问题上，东汉时期捷报频传，经过东汉一百五十多年的努力，解决了西汉政府没有解决的诸多问题，已经明显优于前代。东汉汉桓灵时期，涌现了"凉州三明"，即皇甫规（威明）、张焕（然明）、段颖（纪明）。一提到凉州，想必大家便会马上想到他们几位是了不起的将领和他们身上数不清的战绩。确实如此，这几位人物都是马上横扫异族、马下读书破万卷的将领，当时的匈奴以及匈奴族的分支鲜卑族、羌族等，都被这些将领驯服。我记得有位学者统计过：光是段颖就与东羌作战就多达一百八十次，其中斩敌三万八千六百人，汉军战死四百人，俘虏万人，获得牲畜将近四十三万头。如果不是东汉政府最后的选择出了问题，边疆的游牧民族根本不可能再有与中原抗衡的能力了。当时的史书用了八个字记录，可谓是荡气回肠：

群羌破尽，匈奴长服。（《后汉书·皇甫张段列传》）

东汉在内政上，尚有强大的控制力；在军事斗争上，未留下明显的破绽，甚至还占优势。东汉与一般的末代王朝有很大的区别。比如明朝，明朝末年内外基本都已经失控，在内，李自成等人的军队已经可以直抵京师；在外，辽东全线溃败。

我们所说的不解之惑就是：多数王朝衰败的原因，在解释东汉衰败上都说不通。

荡尽忠臣

“王者贤且明，宰相股肱皆忠良”。这是曹操的梦想。曹操一心想成为股肱之臣。

但是，出现了什么问题呢？

很多人认为恰恰是东汉王朝荡尽了忠臣，才导致最后的覆亡。东汉末年的志士仁人，尤其是以党人为代表的志士仁人，在反对外戚或宦官专权的斗争中损失惨重。汉灵帝时的两次“党锢之祸”已经载入史册，仅在汉灵帝建宁二年（公元169年）被捕杀的党人已有一百多人，被禁锢起来终生不能做官的读书人六七百人，被抓捕的太学生一千余人。这不禁让我们想起了与此极其相近的明朝末年，也出现了一股清流，也就是东林党人。史书在说东林党人就义时，记载了八个字：

> 累累相接，骈首就诛。（《明史》）

汉末也是这样的情形，甚至更加惨烈：“子伏其死而母欢其义”“杀身以求仁”。这就是那时候的典型。说到东汉的党人，我们要提到范滂。

苏轼六岁的时候读过这样一则故事。其中涉及两段母子的经典对话，成就了两对不凡的儿子与母亲：

> 其母就与之诀，……母曰：“汝今得与李杜齐名，死亦何恨！既有令名，复求寿考，可兼得乎？”（《后汉书·党锢列传》）

这是一个著名的故事。范滂因为反对宦官，被朝廷逮捕。在即将就义的时候，他与他的老母亲诀别。他特别恳请母亲不要因为自己而感伤悲泣，因为白发人送黑发人的滋味实在是让人肝肠寸断。

范滂的母亲告诉自己的儿子，她舍不得范滂，但是她不会感到遗憾，她认为，在活得长久与不辜负美好的声望之间，儿子的选择是对的，即将做的是一件正义的事情，能和当时的那些领袖一起就义，这应该是范家的骄傲。这样的一种从容和刚强，如果没有跟他儿子一样伟大甚至更坚定的信仰，一位母亲是做不到的。

正是这种悲壮与残酷证明了清流付出了怎样的代价！

读完这个故事，六岁的苏轼哭了。他仰头问他的妈妈程氏：“我长大了做范滂这样的人可以吗？”这位老苏的夫人回答道：“如果你能做范滂，那我为什么就不能做这样的母亲呢？”

我们可以看到两对母子的伟大，就知道社会的真相是多么的残酷。

当然，党人中有愤青，甚至有败类；我也不否认党人有时候执拗、狷介、意气用事，但是其正能量远远大于负能量。他们为这个王朝所做的一切，可以说是鞠躬尽瘁、死而后已。当这支队伍退出了历史舞台，代表着东汉政府已经开始丧失了公心为上的那批官员队伍的支持，尤其是国家机器运转的关键人物的支持。更要命的是，这也打掉了仅存的一点儿正义的期望，让真正的贵族荡然无存。因为不论是党人还是这些正直的官员，大多来自名门望族，他们之所以能够留名青史、光耀千古，不仅仅是因为他们是那个时代正义的代言人，更是因为他们是既得利益者，能够分享自己既有的利益于天下，实属不易。

这样的一支队伍被荡尽，国家肯定会人心离散，因为剩下的人很多是渣滓。前面我们说过，曹操后来刚刚获得了一些政府的认可，就上书皇帝要求为党人为代表的一批精英平反，就反映了这个问题。他是真心实意为国家考虑的。可是他也许没有想到，正是曹操这个冒着生命危险，冒着政治前途会毁于一旦的危险的举动，后来成为评价曹操的一个重要论据。今天的人好多都在骂他，但是我们可以推想，当时的很多知识分子都在感激他，而那些知识分子都是对国家抱着极度热爱的；而且，他们这种对曹操的感激是回报曹操，后来曹操起兵，为何他能这么快壮大起来，为何超越了一批老牌军阀，超越了很多豪门子弟？因为他在这方面积攒了人心，尤其是争取了精英知识分子的支持，无论《三国演义》如何抹黑曹操，我们都不难发现曹操手下的知识分子在数量和质量上其实都远远胜过其他诸侯。（东吴也能攒下一些精英，完全是因为孙权的父兄当年也站在读书人的立场上，赢得舆论支持；刘备凭借的更多的就是一个招牌——皇叔）

《后汉书》对党人的评价相当高：

> 赞曰：渭以泾浊，玉以砾贞。物性既区，嗜恶从形。兰莸无并，销长相倾。徒恨芳膏，煎灼灯明。

这个评价空前之高，也空前悲壮，以至于当代的史学家们谈起“党锢之祸”比较公认的观点是，这次事件将大批帝国精英送入冥府，加速了东汉帝国的灭亡。虽然经过分析，这个说法有道理，它确实加速了灭亡，但并不是全部原因，因为还有矛盾存在：即使朝廷已经看起来如此无药可救，但是在汉灵帝后期（也就是汉灵帝三十多岁的时候），东汉并不缺乏名臣干吏。东汉政府内部，还有大量的精英人士，因为东汉儒学大盛，科教文卫全面发展，在政府的各级部门中，也不乏大量的饱学、干练之士，我们无须一一介绍。等到公元 189 年全国大乱之后，那些从朝廷出走汇聚到各路诸侯麾下的人才就是一个形象的说明，没有大量的人才，也基本不会出现“三国”这样恢宏的大戏，因为演戏的主角还是这些人物，群众只是群众演员。

与后代相比，印象中，北宋末年，贪官横行，官逼民反，甚至严重到官逼官反的地步，那真是自掘坟墓，满朝找不出几个拿得出手的名臣来。与历朝相比，汉末可不是这样，出现了大批名臣，比西汉的还要多。

那东汉为何还会灭亡？

症结所在

经过分析，虽然很多人都认为任何一个王朝的灭亡都不是偶然的，都是合力的作用，但是我们还是认为最核心的破坏力其实就是东汉的两个政治肿瘤：一个是宦官，另一个是外戚。任何王朝，赶上一个就已经是重病缠身乃至不治而亡了。明王朝就是一个典型。东汉实在是太不幸了，赶上了两个。

有人说，宦官制度是中国君主专制机体上滋生出来的一颗难以清除的毒瘤。其危害之深广，在世界上独一无二，可以说是中国历史的不幸。

而且它在中国历史上存留时间之久，也是世界罕见。

不管出自什么原因，这种生理、心理双重的残缺，肯定不会产生健全的人格，尽管其中还有一部分宦官并没有像我们想象得那样坏，他们只是卑微如草芥地活在宫廷绚烂的背景中自生自灭，如荒草，如蝼蚁。作家柏杨说，忽然有一天，这些卑贱人物，最初只是从皇帝老爷手指缝中窃弄一点权柄。最后，乾坤倒转，甚至连皇帝老爷都不得不顺着他们的脸色，才有口饭吃。他们就创造了一个使全国沸腾的“宦官时代”。那些令人鼻酸的人生和委屈成长的心路历程，使我们没有理由要他们比当权的主流高级知识分子表现得更好。

大多数宦官的知识水平很低。他们来自贫苦的家庭，没有得到知识和道德上的良好教育。从小入宫，他们受过人生太多的辛酸，他们掌握了国家大权，又怎么会表现得多么优秀呢?

而且，一个国家弄残了他们，报复国家和健全的人也就成了他们的一种自然反应，杀人取乐成了惯常。对那些反对者，要淋漓尽致地报复，这就是痛快！宦官为恶，一直是历史上的重头戏。

为何不能摆脱宦官干政的危局呢?

东汉有一个皇室自身的麻烦，那就是皇帝短命。东汉出现了很多婴儿皇帝，还有一批患有巨婴症的皇帝。这样一来，麻烦就出现了，小皇帝当政，掌权的多是太后。太后可以依赖的一般都是外戚，她们的父兄起码比别人更值得信任，毕竟她们孤儿寡母，没有自己人是不行的。而且越是出身低的太后，越依赖外戚，因为满朝的官员对他们心存耿介，很多权高位重的外戚并没有在政治上有所建树，却非常擅长作恶。这是外戚自身为祸的一面，比如东汉的外戚梁翼，那可是出了名的恶人。

而且有时外戚就是皇帝“天然”的敌人。小皇帝会长大。长大以后，想夺回权力，他身边可依赖的人自然不是外戚，外戚就是觊觎皇室权力的人之一，也不能指望大臣。他们从小就在深宫，太后负责与外沟通，他们没有机会接近大臣，培植亲信。有的斗胆培植亲信或者表现出不满，必然死定了。所以，他们只能依赖宦官，宦官想要权力，但是至少绝对不想当皇帝。比较典型的就是汉桓帝。我们知道古诗中有这样的名句“日暮汉宫传蜡烛，轻烟散入五侯家”。这“五侯”就是当年汉桓帝成功地扳倒外戚后，一天封五个宦官为侯，这就是“五侯”的来历。这样的“五侯”气焰之嚣张不用想就知道。后来又加封了三个宦官，也就是八侯。“侯”这样的爵位，在西汉就是功高之臣都不敢奢想的，著名的飞将军李广终其一生也没有被封侯。至于宦官，想也别想。可是汉桓帝很大方地一出手就封了八位。可是跟汉桓帝的子孙比，简直就是小巫见大巫了，汉顺帝成功地从外戚那里夺权后，一次性地封了十九个宦官为侯。封十九个宦官为侯。可以想象朝廷上有一大半大臣都是宦官。一说话，朝堂上就有一股阴气飘来。这个国家想健全地发展，有可能吗？

东汉帝国陷入这样的循环之中，不是毁坏社稷的外戚登场，就是本身素质低下的宦官掌权，夹在这两股势力之间的官员本来是国家的砥柱，但成了失重的巨人，无法用力。这样的情况下，忠臣几乎被荡尽。剩余的忠臣心灰意冷，对这个王朝不再抱有什么热情。皇帝铁了心要败家，劝说还会丢掉性命，与其自己生闷气或者丢掉性命，不如索性让它烂掉，不再赞美也不讥讽、批评。可是，谁都知道，没有了批评也就意味着他们失去了参与国家未来的热情。

能起作用的基本上都在发挥反作用；有才能的却不能施展才能。这种颠倒潜伏着巨大的危机，但是我想当时的官员还不会想到后面的悲惨结局。东汉这个国家机器已经运转了近两百年了，大风大浪都挺过来了。大家还抱有侥幸心理，还都没有这个危机感，尽管很多人认为这事情有点儿令人头疼。

那么，发生了什么导致“骨牌扑倒”、国家崩亡？谁又是压倒骆驼的最后一根稻草？

谁也没想到，为了寻找出这个答案，整个国家竟然付出那么多代价。也没有人意识到，一个英雄辈出的时代、人才解放的时代，竟然这样到来了。更没有人想到，当年的洛阳北部尉、典军校尉曹操，竟然与他的儿子们创造出了一段历史——三国时代最辉煌、跌宕的篇章。

欲知详情，请看第二章：汉末实录。

第二章　汉末实录

惟汉二十世，所任诚不良。沐猴而冠带，知小而谋强。
犹豫不敢断，因狩执君王。白虹为贯日，己亦先受殃。
贼臣持国柄，杀主灭宇京。荡覆帝基业，宗庙以燔丧。
播越西迁移，号泣而且行。瞻彼洛城郭，微子为哀伤。

——曹操《薤露行》

可怜曹操

说到曹操，人品的得分不是很高。因为我们一提到曹操就会想到京剧舞台上那些大白脸。可以说，几百年来，有些东西真是把曹操给毁了。

最典型的就是《三国演义》。《三国演义》中，凡是坏事都归到曹操身上，凡是奸诈的事儿都有曹操的份儿，荣光不能共享，耻辱反而一起分担，甚至全额埋单。这样，曹操成功地“被黑”了。而且，《三国演义》读起来通俗易懂，读的人特别多，正是这些非常多的俗人在读这本书，那么对曹操的影响也就根深蒂固了，很成功地让曹操“身败名裂”。

当时，我们中国人丰富历史知识，一方面通过小说，另一方面通过戏剧作品。没想到戏剧作品伤曹操伤得更深。因为戏剧作品把曹操的一些典型细节刻意地丑化，让曹操背负了很多恶名。所以大家可以看到有意思的是，直到今天大家对曹操的称呼，最客气的也是“奸雄”。虽然大家认为他也是个英雄，但英雄之前偏要加一个“奸”字，以此和别的英雄区分开来。如果是曹操在九泉下有知的话，真不知他内心是多么的感伤。

当然，很多读懂了历史的人，包括鲁迅、钱穆这样的学者，反而非常推崇曹操。比如钱穆，他非常推崇曹操的《述志令》，并将之比作罗斯福的《炉边夜话》。他说：“落花水面皆文章，拈来皆是的文学境界，要到曹操以后才有，故建安文学亲切而有味。”他对曹操极为喜爱，讲到曹操时妙语连连：“后来诸葛亮羽扇纶巾，指挥三军，他的《出师表》亦如与朋友话家常，学的是曹操。曹操倜傥风流，其下属羊祜累官升至尚书左仆射，当其都督荆州时，轻裘缓带，身不披甲，学的亦是曹操。曾用火攻败操于赤壁的周瑜，当作战时，背后却在听戏，学的也还是曹操。”虽然其中个别知识点，比如说羊祜是曹操的下属当属口误之外，其他的判断有很多地方蛮有道理。

政治上名声显赫的《三国志》对曹操的评价也非常高。我们不能说这完全出自政治的高压，作者陈寿毕竟生活在代魏而立的西晋，如果有政治高压，应一味诋毁曹操才对，所以还是据实而论的居多。

观点有如此大的分歧，我们就更想知道曹操究竟是个什么样子的人。

也许，只有曹操自己的诗歌才能说得清楚。能否还他一个清白，还要从他的诗歌着眼。为什么这么说呢？我们要先明白一个道理。什么道理呢？就是做学术研究，包括了解一个人，不能像“土匪”一样“逢山开路，遇水搭桥”。一个人一辈子究竟什么样子，只能由他自己做的那些事情才能够说清楚，而不是别人做的事情或别人强加的事情去说清楚。所以说，我们在研究曹操的时候，可能有很多的路径，比如我们可以研究历史，但是历史毕竟大多是胜利者的言说，换句话说，历史有些时候也未必是他原来的样子。但有一种东西是不变的，就是在人生顶峰或者人生落寞的时候自己亲手写下的那些诗篇。那些诗篇和他们人生原本的样子是最接近的。所以，我们要从诗歌着眼。

诗史何来

曹操是历史上首位开创用乐府做时事评论的文学风气的诗人，他的诗歌才是真正意义上的最早的诗史。这就是曹操可以第一次以政治家的身份正式站到文学舞台上的贡献。此前他也有其他诗篇创作，但是这个转变的标志事件还是发生在公元190年。

因为研究文学的人都了解到一些历史大事件。公元190年如果有微信的话，刷爆朋友圈的可能只有两件事。一件事情是在公元189年，董卓立刘协为皇帝。（刘协，就是汉献帝，改年号为初平。初平，也就是刚刚平定的意思。这标志着汉室没落的到来。也就是说四百年的两汉统治至此进入尾声。）另一件事情就是三十六岁的曹操，非常应景地写出了文人版的乐府诗《薤露行》。我们在看“东汉微信朋友圈”的那两件事的时候，发现他们之间没有一毛钱的关系。一个立皇帝和一首诗歌之间有什么联系呢？或者说，我们更大的疑问在于，一首诗歌怎么能够和一个时代的到来相提并论呢？

历史上，没有几首诗歌能够做到如此程度。我们提到历史，很少有一首诗就能把历史涵盖了，但是那或许证明我们读诗太少。曹操的这首诗就完全可以达到这个程度，可以达到这种境界。可见，这首诗的厉害之处。首先，这首诗开创了一种全新的写法。关于这首诗歌是否是一种全新的写法，明朝的一位非常著名的诗歌评论“专业户”（就像我们今天的影评人靠电影吃饭一样，这个人就靠诗歌吃饭，而且不但吃同朝代的诗歌，甚至把古代人的诗歌也吃了个透）钟惺有话说。钟惺大笔一挥，评论曹操的诗歌用到这八个字:

汉末实录，真诗史也。

这八个字，大家一读就明白了，就是这首诗把汉朝末年发生的事情如实地记录下来。这就是诗歌中最高的境界——诗史。钟惺很珍惜这八个字，他甚至把这八个字写到了他自己的著作《古诗归》里面。

在这里，我们还要解释一个词——诗史。我相信提到这个词大家都会感到特别的熟悉亲切。为什么亲切？因为这个“词”曾带给我们很多困扰。比如，我们上学的时候老师经常在课上发问：“谁的诗被称为诗史？”选项当中会有杜甫和曹操。但是，很悲哀的是当时选择了曹操的会在放学以后在老师办公室与另外一些选了曹操的人相逢接受“再教育”。而选择杜甫的人，早早地就放学回家看电视、玩游戏去了。为什么呢？因为在我们中学的课本上、在我们的常识当中，只有杜甫一个人的诗歌可以称为诗史。

不过，我们现在和人家讨论诗史时候可以自信地说到曹操。诗史中，把曹操放在第一位可以说这才是不露怯的。因为曹操的诗歌是我国文学史上最早地运用以诗写史的写法，也就是说曹操的诗歌才应是诗史的代表作。因为诗史本身就是曹操开创的。所以钟惺就为曹操写上了一笔，把他推到应该在的高位上。古往今来，写一两首好诗可以引以为傲，开创一种新的写法更是足以为傲的。因此，曹操并不简单，从其诗歌上就可以看出一些端倪。

为了说明这个问题，我们还要补充一个小知识，可能非常考验大家的记忆能力。这个小知识就是乐府。可能大家会觉得乐府这个知识很简单，我们都听说过，乐府是基本的文学常识。但是如果那样的理解乐府，或许乐府会被玩坏。

在秦朝的时候，乐府就已经出现了。考古学中，发掘到的秦时的编钟上面就有“乐府”。我们可以大胆推测，甚至在秦之前也可能存在着乐府这种东西。因为秦乐府是继承了战国甚至春秋的很多东西的。那个时代出现的“乐府”与诗歌中提到的“乐府”是存在着某些关联的，但两者未必等同。乐府，在秦朝时候，就相当于现在的音乐协会这样的机构。说白了，它就是个政府衙门，而并不是今天的一种诗歌体裁。

但是这个衙门既然是创作诗歌的，而且古代的诗歌大多来自于民间，需要有人去采集。这样的音乐机关由于从事的事业是采集诗歌和创作诗歌，尤其是采集和创作民歌，所以，到了汉代，为了方便，人们就把乐府作为诗歌的代称了。但是这个代称中有一种非常强烈的地位歧视。一讲到乐府，就知道这诗是来自老百姓的、来自民间的，绝不是来自高高在上的贵族，更不是来自通晓文墨的文人那里的。那时候，乐府就是老百姓自行创作的民歌、歌谣。句子长短不一，句式不固定。乐府中，唯一固定的是题目。现在我们看到的，比如，歌、行、曲、词等字眼的标题的文学作品，基本上都是乐府，不是乐府也是乐府的“近亲”。

基本上这些文学形式都是老百姓根据自己的生活需要所作。也就是说，所写的都是发自肺腑的东西，自然也没有什么那种“写自己的诗，让别人去背吧”的想法。所以这些民歌所讲究的不是形式而是内容。不过，在古代，相对亲近文化的时代，乐府是相当流行的，以至于有些文人也参与进来。当然，这些文人也不想因此“掉份儿”，也就是说他们还想表现出文人的特点，而且由于文人的修养很高，所以他们可以对乐府施加影响。可以说，创作乐府的是百姓，真正把乐府正规化、文人化的还是文人。借乐府旧题发感慨，这就是文人的乐府了。其中，最活跃的几位就有三曹父子（曹操、曹丕、曹植）。

曹氏乐府

有那么多文人参与到乐府创作中，我们还要特别提到三曹父子。因为，三曹父子不仅身份和其他各家不一样，就是写诗这件事和别家也很不一样，尤其是曹操的乐府诗创作，比如《薤露行》着实与众不同。或许我们对这首诗没有什么印象。那么我们请读诗的行家来现身说法。说到读诗的行家，谁可以作为代言人呢？当然是清朝的著名的诗歌评论家、诗歌评论专业户沈德潜，他在读曹操诗歌的时候内心特别激动，每次读曹操的诗都是心潮澎湃。有一次，他读曹操诗作的时候，不禁写下了这样一行字：

借古乐写实事，始于曹公。

就是说，他认为借写乐府诗来写实事内容的是从曹操那里开始的。

我们知道，我国的诗歌是歌、舞、乐三位一体的。也就是说，古代诗歌是有歌有词，有曲子，有舞蹈的，歌、舞、乐全部包含在其中。沈德潜所言"借古乐写实事，始于曹公"，传达出两个非常重要的信息。其一，"始"是说明曹操的首创之功。我们在生活中做了一件别人没有做过的事情都会觉得很困难或者难为情，比如别人都是骑车锻炼，你扛着车子锻炼，肯定要引来一路观望，但实际上是各有各的好。那么写文学的东西可能经历了几百年，如果有人打破旧的窠臼，在圈子里掀起一股头脑风暴，应该为这样的首创之功点赞。其二，曹操用旧题写新内容。就是题目是旧的，曲子是旧的，而内容却是新的。新到什么程度呢？写的都是当下的实事。用今天的话来讲，就是比较接地气。不是像我们今天读的那些诗歌一样，读完了一脸茫然，会觉得那种诗歌是象牙塔里的，没有一点儿活气。曹操并不是那样，而是"旧瓶装新酒"。尤其是后面一点，足可以惊天地泣鬼神。伟大的文学家鲁迅先生曾说过，曹操诗歌的写法，足以令曹操在我国文学史上占有一个位置。而且，鲁迅很敬重地给曹操定位，他说曹操是改造文章的祖师爷。在古代，诗、文不分家，我们统称为文章。从某种意义来讲，曹操的乐府诗创作给他自己赢得了一定的身份。无论是沈德潜还是鲁迅都在为曹操说话、为其代言，说明曹操本人一定是和我们脑子中的固有的曹操的形象是不一样的。尤其这个祖师爷，在哪一行业都具有相当了不起的号召力，都不是凭空得来的。

我们就先拿《薤露行》做个例子，看看曹操的写作功力。

《薤露行》本是古代挽歌的题目，意思也很简单。“薤露”，就是薤叶上的露水（薤叶是一种草）。我们都知道，露水的“寿命”很短，太阳当头照时露水去无踪，来也匆匆，去也匆匆。这个自然现象很好理解，我们每天都生活在这样一个自然空间当中，抬头、低头都能看到自然运行的规律，但是不会有人没有任何想法地就去单纯的写自然。曹操把“薤露”放在这里，实际是有其用意的。“薤露”就是象征着生命的短暂。人是大自然的一分子，人的一生从出生到死亡，放在宇宙中看，就是一瞬而已。所以，《薤露行》这个题目很形象。虽然形象，但是不得不说这个形象是大家都看到过的、熟悉的，所以它也体现了乐府诗歌的一个毛病——千篇一律。其中的内容大多是写人生短暂的，按今天的话来讲，有点儿“团购”的意思了，直接下载下来打印出来，改改名字直接念诵就可以的架势。这种写法是当时乐府诗的真实情况。

另外，我们还要关注一点：为什么乐府诗的这种情况没有改观，不去创造新的东西。回答这个问题我们还需要补充一个重要的知识。

乐府中的题目一部分来自历史事件，或者说每个题目都是有故事的，题材也就约定俗成了。比如，据说《薤露行》，最初就是为了歌颂西汉初年的一位诸侯——田横。乐府诗后面是有故事的，这也就增加了曹操改编的难度。

田横是战国时期齐国的宗室的后裔。齐国为秦国所灭，田横他们自然就作为贵胄流散四方。可后来，秦朝末年，天下大乱，楚汉相争，田横就趁机恢复了自己的势力。不过，等到刘邦开始统一天下的时候，田横的处境就很尴尬了，因为他和刘邦的关系搞得实在是太僵了。怎么讲？他曾亲自活烹了刘邦派来的使者郦食其。郦食其是个说客，语言功底相当棒，根本就用不上抛出鄙视的眼神，放在今天一定是一流的外交家。刘邦为了征服田横，尽量采用怀柔的手段，所以就派郦食其去游说田横。田横在郦食其的游说下，接受了刘邦的招安。由此可见，郦食其确有三寸之舌强于九鼎之师的能力。

但是，人算不如天算。很不幸，当时另外的一位著名人物韩信参与其中。韩信也想立功，也想占有其地，想逼迫刘邦封其为齐王。求功心切的韩信，在田横接受郦食其的怀柔政策之时，突然发动攻势，举兵攻打田横，夺得了齐国的国都。所以，田横就误认为是郦食其欺骗了他：在达成一致之时，你外围的将领连夜攻城就是玩弄手段，非常不厚道。于是田横在绝境下，决定让郦食其“先走一程”，架起油锅把郦食其活活地烹死了。死前，郦食其一边喝着酒走向油锅，一边把韩信的亲人挨个问候了一遍。

不管原因在谁，田横这么做也就是与刘邦撕破脸了。刘邦这个人非常聪明，他认为，多一个冤家不如多一个朋友，所以，在即将统一天下的时候，他特意派郦食其的弟弟去田横逃难的海岛。刘邦还向郦食其的弟弟强调，为了国家利益不要为他的哥哥报私仇。郦食其之弟遵照刘邦的嘱托到了那个岛上见到了落魄的田横，并把刘邦的意思带给了他。刘邦的意思是，要么是降，要么是亡。降，诸侯得封；拒降，则只能是丧生野岛，成为孤魂野鬼。田横考虑到下属安危，考虑到自身兵力不足以与汉对抗，于是投降于汉。

我们要知道，谁都有脾气。当田横接受了招降，放下武器，拜谒刘邦，行进到将近汉朝首都长安的时候，田横做了一件惊人的事。他对使者说："我作为投降的败将，杀害了大王的谋士，谋士的弟弟又因为王命饶恕了我，但是终究有一天所有的矛盾会爆发出来的，所以我今天可以满足大王的意愿，我死，我死了一切就都解决了，你可以把我的头献给大王。估计你送到长安的时候，我这头还是新鲜的还没腐烂。"于是，大家就明白了，田横的意思是想自杀，因为大丈夫"宁可杀不可辱"。田横真的自杀了，使者也只好把田横的头割下来送往刘邦那里。由此，田横给后世留下了悲壮的大丈夫的形象。

另一件具有大丈夫形象的事是这样的。就在刘邦下令嘉奖并按诸侯下葬的礼仪来厚葬田横的时候，田横的门客们的做法就更加强化了《薤露行》这样的挽歌的悲壮气氛。田横的两个门客埋葬了他。他们两人在田横的坟墓的两边各挖了一个洞，分别钻到土洞里面，用土把洞口封上，自刎而死，作为陪葬者。刘邦刚刚安慰了一个死去的诸侯，当得知此事又下令嘉奖了田横的这两位门客，于是派一些使者带着田横和其门客死亡的消息再次去田横曾暂居的海岛上来表彰他们的壮烈。没想到，岛上的田横的五百壮士，听到田横的这一消息后，竟然集体自刎。我们今天可能会有点儿怀疑刘邦的动机，是表彰他们的壮举，还是用柔软的方式借刀杀人？我们无从论断，但是可以肯定的是田横、田横的两位门客以及五百壮士的壮举就成了《薤露行》昭示的源泉。

在看《薤露行》之前，我们首先会不厌其烦地讲这个故事。如果传说是真的，在这样的历史背景下，《薤露行》本身就被烙下很深的哀伤命运的印记。人们也接受了这个事实，打破窠臼就太难了。

所以，《古今注》记载《薤露行》最初的版本是：

薤上朝露何易晞，露晞月明还复滋，人死一去何时归？

正因为如此，古人在创作乐府诗歌的时候，每每写到《薤露行》都会想到这段悲壮的历史，写起来也是走的人间最长的路——套路。要想打破这个套路，简直是无从下手。曹操才不管那一套，他从小就是一个通脱的人。通脱是什么意思？“通”，是通达；“脱”，就是洒脱。他没有文人那种呆板气，所以，曹操写乐府诗，就写身边事，就写时代巨变。用今天的话来讲，就是接地气，就是活在当下。可能连他自己也没有意识到，就是这么一个“顽皮”的做法，无意之中，一首丧歌（丧歌就是出殡时候的歌曲）竟活生生地被改造成了一篇超凡脱俗的五言报告文学。更令我们惊喜的是曹操完成了“三百岁高龄”的乐府的重生，使乐府有了新的形式和新的内容。三百年，几代人的时间，在这里曹操就顺利地完成了。所以说，诗史的开创应归功于曹操。我们把曹操的诗歌归为诗史，无可厚非，也是言之有据。自然地，当时的轰动效应也可想而知。如果当时的人们用有手机读诗的话，曹操诗作的阅读量可能瞬间超过百万。

但是，我们知道曹操毕竟是个政治家、军事家。我们谈了半天他的诗作有什么意义呢？或者说，古代写诗写得很棒的有的是，所以诗作水平高并不是曹操和别人的根本区别。曹操的诗篇最具特色的是其具有实录的高度，这是他的诗篇和别人的不同之处，也是曹操作为一位诗人，和别人不同的地方。

曹操的“诗史”的两大特点：一个是具有史书般的准确度，另一个是具有全景式的叙事风格。这就是实录。那么，我们来看看，曹操是怎样达到实录的高度的。实录的高度，确切地讲，是曹操创造的。后来的杜甫也写了实录，但是他没法和曹操比，只能和曹丕相提并论。而曹丕所仰望的是其父亲。换句话说，也就是曹操启发了曹丕，曹丕启发了杜甫。如今，后人推崇的“李杜”，恐怕是由于我们读的诗有限，对知名度高的诗人格外关注的缘故吧。但是，知名度不等同于深度。也就是说，曝光度并不等于高度。真正有高度的曹操的诗作并不逊于杜甫的诗，甚至可以说比其略高一些。达到这样高度，曹操首先运用了的是史书的笔法，解释了乱世的成因。有意思的是，很多文学的高峰或路数，恰恰是搞过政治的人开创的。

任人不良

在前面曾假想过，公元189年如果有微信，一定有两件大事被人们“刷屏”：一是帝国改年号为初平；二是，曹操写出了《薤露行》。《薤露行》是一首在帝国还未灭亡时盖棺定论式的诗篇，但是仅靠一种手法就能如此托大？自然不是这么简单，曹操的诗篇具有实录的高度，兼顾纯文学的手法和史书的准确度。

那么，曹操是怎样达到这种实录的高度的呢？

这就涉及了本书开头提到的曹操以及各级官员的那个疑惑——东汉灭亡的悬案。明末清初，一位著名的思想家王夫之在其著作《读通鉴论》中，写道：

国恒以弱灭，汉独以强亡。

读历史读得通透的王夫之，有一天，突然感到困惑。要让王夫之困惑的问题一定是一个不小的问题。王夫之说，一般的情况下，国家都是越来越弱直到走向灭亡的。东汉的灭亡曾让曹操疑惑，王夫之也是很困惑。王夫之的结论是东汉恰恰因为强大而灭亡的。或者，说得更明白一点儿，就是东汉在最强大的时候却灭亡了。因为，由衰败而亡国的情况容易理解，在内，战乱不已，在外，外敌入侵不断。一个王朝慢慢脉搏越来越弱，最终悄无声息地死亡了。这种死亡方式是正常的、容易理解的。

但是，东汉却不一样，它没有那么多麻烦，一切都可控。比如，它有内乱“黄巾之乱”，但是东汉军事战斗相当强，镇压内乱不成问题。纵观历史，镇压内乱最凶狠、打击力度最大的也就是东汉。唐末，政府镇压黄巢起义要几十年。清末，政府打击太平天国也要几十年。明末，打击李自成、张献忠等也要用几十年的时间。但最终，它们还是断送在内乱中。可是，东汉不但没有毁在内乱、农民起义，还把内乱、起义彻底镇压了下去。所以说东汉是内乱不已，并不成立。

导致国家衰亡的另一种情况就是外敌入侵。作为农耕民族，最怕外敌入侵。我们很多伟大的王朝就毁在外敌入侵和威胁之中。最典型的是两宋。两宋的悲剧是典型的外敌入侵致使国家灭亡的例子。东汉没有这些麻烦。打败了匈奴、平定了羌族等在西汉时尚未完成的事业，东汉很顺利地完成了。这是多么强大的一个王朝！怎么会突然灭亡呢？

您看，近一千五百年过去了，清人还在纠结东汉死因的问题，还在为他非典型的灭亡而纠结。其实曹操早就给出了一个答案，告诉了大家，最强大的王朝的最致命的一击是什么。

对于不读书的人，这些疑问是没办法发现的。读书读得多、读得通透的，通透到能够把这些疑问过滤出来的人或许会发现要点。其实，这些关键点也是真正搞政治的人，而且是伟大的政治家才能发现的。曹操也敏锐地感觉到这一点，他的政治家的潜质是从小就具备的。所以，很多人探寻其中的原因，甚至王夫之在其著作中也并没有过多的解释，现在也不能理解他为什么没有给予解释。但如果我们看了曹操诗歌，或许我们会得出答案。因为，王夫之觉得曹操的诗歌写出来了，这个答案就已经非常明白了。

那么，曹操是怎么解答的呢？他写了专门反映汉末动荡的起因，也就是写董卓之乱的一首诗——《薤露行》。王夫之视它为标准答案。曹操在《薤露行》中写道：

惟汉二十世，所任诚不良。

这是《薤露行》开篇的句子。如果我们在汉末听到这句诗的话，会觉得写诗的人不厚道。为什么说不厚道呢？汉朝还没有结束呢，你就开始盘点整个汉朝的历史了。严格讲，这就是大逆不道。曹操不但“大逆不道”而且还胆肥地说：“所任诚不良”。他认为，两汉到现在已经呈现了末世之象，国家的气数将尽。因为汉末的几位皇帝任用的人确实不怎么样。诗句中的“二十世”，这里指汉朝第二十二个皇帝汉灵帝刘宏。就是刘宏这几代人的“败家”导致汉朝覆灭。

为什么这样说呢？这里需要补充说明。著名的《出师表》，大家都读过。在《出师表》中，诸葛亮和刘备聊天，一提到“汉末之乱”就很有共鸣，尤其谈到汉灵帝的时候。他俩都认为，汉灵帝以后，国家就彻底完了。每谈及桓灵（即汉桓帝、汉灵帝。）之时，两人都情不自禁地老泪纵横。平时各有主见，各有心思的诸葛亮和刘备，在此事上却有着共同认知，说明刘宏这个皇帝确实做得不怎么样。

从传说中的汉高祖刘邦斩蛇起义建立汉朝开始，到汉灵帝刘宏，一共经历二十二个皇帝。因为写作的需要，把“二十二世”写成“二十世”，取个整数。其中，“所任”有所指代，这里指的是汉灵帝的国舅爷，也就是大家所熟悉的大将军何进。汉灵帝所任用的何进等人真是不像样子。

这两句诗就表达了曹操的态度。汉朝到汉灵帝这时期已经太不像样了，因为汉灵帝任用的何进等人太不像样。曹操认为经历了二十二位君王的汉朝之所以有今天，完全是汉灵帝用人不当的结果。甚至选刘宏为帝也有点儿“用人不当”。

这就是曹操解释东汉灭亡的根本原因。当然，我们说汉朝的灭亡绝对是合力。但是摧毁大汉王朝的“主力部队”，到底是不是曹操所说的这个呢？

沐猴冠带

大家看到这两句诗的时候，会觉得不好理解。因为，历朝历代都有用人不当的现象。可是，汉朝用人不当的情况和其他朝代不一样。正如曹操所言：

> 沐猴而冠带，知小而谋强。犹豫不敢断，因狩执君王。白虹为贯日，己亦先受殃。

这几句诗是东汉末年衰亡的实录，也是《薤露行》这首诗的一个高潮，此处主要指出的“何进误国”这个问题。错误地任用了何进，让东汉大伤元气。

汉灵帝因为私生活的问题早早地宾天，也算是撒开手了，“平安着陆”了。汉灵帝就这么一走了之，撒手不管了，但是他的十四岁的儿子汉少帝刘辩就没有那么幸运了。汉灵帝生前本没想让刘辩作为接班人，而把次子刘协（即后来的汉献帝）作为首选继承人。当政的宦官也想拥立刘协。于是，汉灵帝便把储君刘协托孤于亲信。

托孤，汉代时候最为流行，就是皇帝行将就木的时候，把自己选定的接班人推荐给信任的手下，并谆谆地叮咛一番，比如我们熟悉的“白帝城托孤”。刘皇叔驾崩前握住诸葛亮的手，一番叮嘱。

不过，人生前能够把握一些事，死后能把握的就太少了。结果刘辩一继位就发生了一件大事。刘辩的舅舅何进马上准备消灭宦官，清除隐患。为什么发生这件大事呢？原来，在立接班人的问题上，出现了两派。何进想要立他自己的外甥刘辩为皇帝，以保护他自己的利益。所以，不得不面临一个尴尬的局面，就是外戚何进与掌握实权的宦官之间的利益产生了矛盾。两派各有主张，为达到各自的目的，他们展开一场“不是你死，就是我亡”的角逐。

对此，曹操对何进的评价并不高，甚至有点儿贬损的味道，认为他们是“沐猴而冠带，知小而谋强”。“沐猴而冠带”就是说沐浴完毕的猴子穿上衣服戴上帽子的意思。我们知道，不管猴子穿上多好的衣服、戴上多好的首饰，就算是挎个LV的包，其本质也还是一只猴子而已。这也就是我们熟悉的那个成语——沐猴而冠。在这里，曹操用“沐猴而冠”来形容何进，我们可以看出曹操的想法和态度。

历史记载的第一个“享用”沐猴而冠这个词的是大名鼎鼎的西楚霸王项羽。项羽，我们并不陌生。在两汉历史中，除了熟悉汉末的三国之外，我们对汉高祖刘邦、汉武帝那段历史也都很熟悉。毫无疑问，刘邦和项羽是汉初的主角。那为什么项羽会被说成是“沐猴而冠”呢？这个事还要从项羽占领咸阳说起。占领了咸阳以后，一般人会想要干些大事，因为咸阳所处的关中地区占尽了天时、地利。有些人会问：是怎么看出来咸阳占尽得天独厚的条件的？那我们看历史上最长命的王朝是在哪里，就可以明白了。在中国历史上，那些盛极一时的王朝，诸如秦、汉、隋、唐，虽然不全是从咸阳这个地方起家，但多是从咸阳一带发家的，可以看出，这绝对是风水宝地。优越的地理条件提供了有力的支持，关中老百姓劳作勤奋与作战勇猛，由此，关中地区具备了一个封建王朝的长治久安所必需的得天独厚的条件。所以，当我们看到古代大墓大多在陕西、山西那些关中地区的时候，我们应赞叹那里的可供先人生存发展的得天独厚的条件。

人们厌倦了打打杀杀，厌倦了战争，厌倦了整天活在刀尖上的提心吊胆的日子，人们期待安居乐业，期待着项羽能像秦始皇一样干一场统一大业。结果，项羽令大家失望了。他不但安于享乐，令人不安的是，他还将暴力发挥到令人发指的地步，杀人、放火、抢掠，无所不为。

对于杀人，项羽最热衷的是屠城。他所攻下的那个城市的百姓一般都会陷入苦恼与恐惧：无论投降与否都是必死无疑。作战勇猛的项羽最看不起的就是投降，投降的人自然是死路一条；拒绝投降的，又是惹毛他的，对于抵抗的人，项羽自然会“杀你没商量”。

对于秦朝的宫殿器物，可能他认为比起拆除，一把火烧掉来得干净利落，也最彻底。反正秦王朝不好，跟他们楚国有仇，那秦王朝的一切东西都是坏东西，这是典型的义和团思维。后来，唐朝的杜牧还为此写下了名篇《阿房宫赋》，纪念并反思这件事情……

折腾完了，项羽一声令下：回老家，就这么拍拍屁股走人了。看到这儿，人们都愣了，很不明白，难道项羽辛苦打下天下的目的就是荣归故里吗？甚至有的认死理的人还要项羽给一个说法、一个答复。

项羽是这样答复的：

（项羽）曰：富贵不归故乡，如衣绣夜行，谁知之者！

他的意思就是，大富大贵了，如果不回老家显摆一下，就好像一个人穿着好衣服却在夜晚行走一样，没人见得到。活着的目的就是显摆嘛！这样的人现在也有，工作挣些辛苦钱，平时不敢花，等到过年过节的时候一定要买一身体面的衣裳、开一辆好车，哪怕是回家几天也要让大家看看自己有多阔。实际上，这种虚荣心理和项羽的没什么区别。听项羽这么说，有人毫不客气地说道：

人言楚人沐猴而冠耳，果然。

意思是人们（曾）说楚国人就是虚荣的猴子一样，夺得了再高的地位，抢夺了再多的财宝，本质还是只猴子，不值得尊敬、不值得正眼相看。原来还有些疑惑，现在我明白了，信了。项羽听了非常恼火，结果把说这话的人给烹了。但沐猴而冠这个词流传了下来，专门用来讽刺那些目光短浅，自私自利且刚愎自用的人。曹操在这里把这个词“慷慨”地送给了何进。

“知”，通智。“知小”，就是智力低下的意思。这两句话的意思是说，你这么一个贪婪短浅的智力低下的何进还想铲除实力强大的不良之辈——宦官，简直是痴人说梦。

大家不太理解的是，东汉的有实权的宦官干尽了坏事，铲除他们又有什么不对呢？甚至，有人认为曹操是由于祖父当过宦官，他这么说就是在替宦官说话。要弄清这个问题，只要明白一点。就是何进到底是不是曹操所说的那类“猴子”？

不错。何进欲清除宦官是有私心的。何进的两个私心都是什么？一个是权力的诱惑。亲疏远近上，比起大臣，年幼的皇帝更愿意依赖外戚何进。所以，年幼的皇帝登基的话，最大受益者其实是国舅何进。无可厚非，权力是一剂永恒的毒药，对人满是诱惑。很多“粪土当年万户侯”的人绝对是没有接近过权力的，一旦接近过权力，他也就放弃了这句话，这在历史上可以得到检验，有多少人至死留恋的都是“权力”二字，多少人就像葛朗台一样，听到“权力”没丢才可以咽下最后一口气。另一个是虚荣心作祟。何进曾经是一个屠夫，出身微贱，在下层社会摸爬滚打中，受尽了侮辱和轻视，最缺的就是认可和面子。当他获得了权力，对这种认可的需求其实更强烈。因为所有的自卑、愤懑都可以因为行使一次可以留名的权力而名载青史，这样过去的龌龊足可以一笔勾销，一切都可以“合法”。有人通过羞辱那些本应该具有判定人有无价值的人来完成，有人通过拉拢那些人来完成，有人则蛮干。东汉时期，外戚找回这种虚荣与认可的方式，无外乎就是以上那几种。就这样，一个杀猪的人变成了杀人的人，而且他的心不会痛。

在这个荡平宦官的崇高历史荣誉感面前，何进不动心都不成。何进是靠他当上皇后的妹妹获得权力的，是典型的裙带关系的受益者。对于讲究裙带关系的人来说，权力最初就是一个赠品，一旦拥有了，权利就成了引发人欲壑难填的因子又成了令人无限上瘾的毒品。

由此可见，曹操评价何进并没有错误，何进也绝对不是为了天下黎民百姓而去消灭宦官势力的，更多的是为他自己的利益考虑，这跟作为动物的猴子没有太大区别。

这里，我们要再提到袁绍、袁术两兄弟。袁氏兄弟是坚决站在何进一边的，《后汉书》记载，袁氏兄弟在动员何进举事的时候，动情地说道：

将军宜一为天下除患，名垂后世。

就是说，将军您最好去为天下百姓除掉祸患，这样您就可以名垂后世了。对于以安家乐业为幸福的女性，袁氏兄弟的这句话或许没有太大吸引力，而对于追求功成名就的男性而言，特别是屠夫出身的何进，具有强大的诱惑力和鼓动力，杀猪杀的再帅也不能青史留名。“雁过留声，人过留名”，人生在世，能够为大家熟知和认可，甚至名垂青史、光照千秋，远比物质享受更易让人认识到自身的价值。何进就被“名垂后世”四个字深深地打动了，双方一拍即合。何进头脑一热，忘记了东汉历史上的外戚与宦官火拼的事件在重复地上演而外戚败多成少的事实。此时的何进已经完全被权力的诱惑和虚荣心的爆棚所迷醉，猴急起来。至于他自己清除宦官势力的行动所导致的后果，诸如殃及社稷、苍生等，自私自利、目光短浅的他压根没有考虑，一意孤行。

这么看来，何进不仅是“猴子”，还是一只危险的“猴子”。手握大权的“猴子”可比一般的“猴子”麻烦得多。

智小谋强

那么，曹操为什么会说何进“知小而谋强”呢？

曹操不看好何进的智力水平是有原因的。他这么说可不像今天我们有些人在微博、博客上毫无根据地各抒己见。因为，曹操当时是东汉政府的基层官员，他的父亲也曾是朝廷要臣，所以他很明白东汉朝廷上的那些事儿、政治上的那些事儿。作为胜算不大，处于劣势的一方的何进硬要那么去做，就是“智小”，就是愚蠢。

其实，在斗争中，最理智的做法应该是认识到斗争的三个关键点，并做好这三方面的工作。第一个是统战工作，把所有人都统一起来。是成为朋友还是成为敌人，更容易赢呢？显然，“团结就是力量”，多一个朋友就多一分胜算。第二个是组织工作，做任何事都需要自己的一班人马，筹划与组织周密、得当的举事才相对容易。第三个是保密工作。保密工作没有做好，尚未行动就已经泄露行动信息，不但计划被打破，而且很可能全军覆没，甚至连东山再起的力量都被瓦解。

何进并没有做到、做好这三个关键方面。我们来看他是怎么做的。

他要杀死全部宦官，致使矛盾最大化。需要明确的是，不是所有的宦官都反何进，也有中立的甚至支持他的宦官，何进的一网打尽的计划，显然是激怒那些没有反对他的宦官。宦官一看怎么也是个死，那干脆拼了，最终导致矛盾最大化。

他不加选择地调集一切可调集的军队来打击宦官，包括阴谋都写在脸上的董卓部队。这绝对是后患，后患到正无穷。按理说，没有自己的军队才会调用外援，何进放着自己的军队不用，去调用阴谋家董卓的部队，实在是很随意的决定。

以上两件事何进都做得很糊涂。更有甚者，史书上更是以“谋泄”（《后汉书》）为何进所做的另一件糊涂事做注解。特别强调了他的“知小”，就是他的行动计划还没有付诸行动就已经世人皆知了。这么大的行动还没开始，流言已经满天飞了，跟打了广告似的。宦官在权贵的身边是自然的事，他何进却没有半点儿提防，从没有察觉到他自己已经被宦官监听了。火上浇油的是，他的弟弟与母亲为了钱财还打起情报的主意，他们把从何进那里获取的“情报”卖给宦官。这么愚蠢，如果这一家子取胜根本就没有天理了。

曹操明确地指出了何进缺点——“犹豫不敢断”。事情已经发生，谋略已经泄露了，正常的做法自然是当机立断、先发制人。何进却是犹豫不决、难以取舍。更可笑的是，事情发生以后，他竟然与宦官来讨论、互换意见、沟通心得。急得袁绍调集军队驻守何进左右，用既成事实逼迫何进下定决心起兵对宦官势力发起进攻。何进并没有听劝，心里还在反复推敲、取舍决策。就在何进上演内心戏的时候，宫里传来诏令说他的妹妹何太后让他进宫有要事相商。按理说，在千钧一发之时，任何风吹草动都应该引起足够的注意，万不可轻举妄动。但是，何进却是该考虑的反而不细想了，忙不迭地入宫。果然，落入敌人的圈套。入宫后，他并没有见到熟悉的太后，看到的是面前站着的宦官头子张让等几十个宦官。他们拿着兵器杀气腾腾地围着何进数落了一番，手起剑落。何进就此一命呜呼。

一件占尽天时、地利、人和的事情都能让何进给搞砸。曹操轻视他是“沐猴而冠带，知小而谋强”过分吗？曹操那时毕竟也是经历、平定汉末诸多暴乱的人物了。其基本的战斗经验毫不缺乏，战略意图也相当清醒。

无独有偶，范晔也在《后汉书》中打趣何进道：

岂智不足而权有余乎？（《后汉书·窦何列传》）

史学家范晔在委婉地判断其失败的原因。其原因就是没有谋略且少智慧的何进握有大权力。其实，范晔的判断与评价和曹操的观点是不谋而合的，验证了曹操说何进是“沐猴而冠带，知小而谋强。犹豫不敢断，因狩执君王。白虹为贯日，己亦先受殃”所言非虚。如果这样的诗歌都不是诗史，那还有哪首诗可以称得上诗史呢？

白虹贯日

那么，何进诛杀宦官未遂的后果如何？后果确实很严重。

第一个严重的后果就是害君。《薤露行》写道：

……因狩执君王。白虹为贯日，己亦先受殃。

这几句诗文是什么意思？

“狩”，古代就是皇帝巡狩的意思。“执”，即抓或囚禁，此处就是劫持的意思。“因狩执君王”，就是皇帝巡狩，这里是对皇帝出逃的一种委婉而隐晦的说法。

当时，何进死后，袁绍等人知晓谋划已经暴露，便带部队杀入宫中。宦官自然不是他们的对手，情急之下挟持了十四岁的皇帝刘辩和他的同父异母的弟弟——九岁的陈留王刘协逃亡小平津（今河南孟津东北的一个黄河渡口），准备另立朝廷。

动荡中，皇帝被迫成为人质。一个高高在上的皇帝沦为人质还不是最坏的结果。最坏的结果是什么呢？就是人质无论是谁都得死。据记载，当时出现了奇特的天象——白虹贯日。

白虹贯日，看上去是形如白色长虹光晕穿日而过。在古代，太阳是帝王的象征。白虹贯日，就自然地被认为是一种大臣为祸、皇帝遭灾的征兆了。（今人多认为是一种光学现象）

在这里，我们再说一个小插曲。读过《三国演义》的人很熟悉这么一段故事。

当年，皇帝哥俩在小平津乱军中逃走的时候，半路上正好碰到了董卓的三千凉州铁骑，刘辩吓得舌头都直了，而九岁的弟弟刘协面对这支军队的首领（也就是臭名远扬的董卓）对答如流，给董卓留下了一个良好的第一印象，自然地，在董卓眼里，刘辩是无能的。再者，刘协的身份也引起了董卓的注意。刘协的母亲在宫斗中被当时的何皇后（刘辩的母亲）用毒酒毒死。史书记载的情况也很残酷。

外戚之家进献的女子，一靠姿色，二靠权谋，三靠背景，最重要的是要靠子嗣。一旦年轻的皇帝死了，又赶上没有子嗣，这种情况是最惨的。在东汉那个“子以母贵，母以子贵”的时代里，这就等于给现任皇后宣判了死刑，也宣判了皇后背后那个家族的死刑。尽管东汉也提出了“良家有德”的标准，但是相对于“母以子贵”这个硬条件而言，只能算是一个陪衬。于是，后宫展开了厮杀，女人之间最惨烈的战斗，很多人对《甄嬛传》记忆犹新，但是很少有人知道《甄嬛传》最精彩的底本是在汉代。

这些女子进宫之后，马上进入“宫心计”的角色，制造了汉朝皇帝的早夭而且子嗣无多的怪象：这里的孩子不是“生”出来的，而是斗争中一不小心“漏掉”的、幸存的。

和帝皇子数十，生者皆夭。（《东观汉记校记》）

这是史书上的记载，但是除了这些皇子自身的羸弱外，我们还可以看出，他们生长的后天土壤已经完全荒漠化。

（和帝后）阎氏专房妒忌，帝幸宫人李氏，生皇子保，遂鸩杀李氏。（《后汉书·皇后纪》）

后（桓帝后梁莹）既无子，潜怀怨忌，每宫人孕育，鲜得全者。（《后汉书·皇后纪》）

如果说，我们看到的《甄嬛传》还只是一部影视作品，那么东汉是真正上演过“三光政策”的后宫戏的，生人者死光、所生者死光、未生者死光。皇后没有为皇帝贡献一儿半女的，但为了父兄与自己的前途着想，竟然惨无人道地为那些怀孕的宫人制作花榜，上了这个花榜就更惨，生下来的孩子马上又被“送走”，甚至是母子一起“上路”。也许，这与前汉吕后将戚夫人折磨成人彘相比，同样残忍，丧尽天良。所以，在这种情况下，“子嗣之争”是整个东汉的后宫最为惨烈的争斗。

当然，汉献帝刘协的经历，也是这般惊心动魄。汉灵帝最喜欢王美人。王美人被临幸后，有了龙种，却与一般要做母亲的大不相同。史书记载:

> 时王美人妊娠，畏后，乃服药欲除之，而胎不动，又数梦负日而行。生皇子协，后遂鸩杀美人。(《后汉书·皇后记》)

可怜！那些后宫的弱者，她们不愿看到其孩子生出来之后母子一同踏上黄泉路的结局。汉灵帝所宠爱的王美人得知自己怀孕后，竟然马上服下打胎药。可惜毕竟是龙种，是真命天子，竟然拒绝服从妈妈的命令。结果，这可害惨了当妈妈的。刘协出生后，皇帝觉得这些皇子的处境实在是危险极了，就把刘协交给自己的母亲董太后抚养，也只有跟着董太后混日子才会安全。刘协因此有了个别名“董侯”。要不是董太后尽心，恐怕，汉朝皇帝的平均年龄还要再低。

这样的情况并不陌生，因为大家看过《甄嬛传》，已经见怪不怪了。但现实远比影视剧演的更直白、更残酷。

这段历史我们为何要讲得这么细，因为只有了解这段历史讲出的东汉末年皇子活下来的不易，才更能理解曹操后来的很多举动，同时，也是因为这个情况，董卓那里突然发生了一个历史的逆转。虽然表象上看纯属偶然，但后面的历史都与这个偶然相关。

原本应在深宫长大的刘协却在太后那里长大了，人称“董侯”。在董卓看来，董太后姓董，他董卓也姓董，那就是一家人了（在古代，人们常认为同姓就是自己同宗），所以，董卓对私号董侯的刘协有天然的好感，如果拥立刘协为帝相当于自己人当上皇帝，他说起话来也硬气。一般人就是这么想想而已，董卓不仅想了还采取了行动，他先废汉少帝为弘农王，后来干脆毒死了他。

局势之乱，究其原因，罪魁祸首还是何进。何进不仅自己葬身敌人陷阱，而且害得皇帝沦为人质，最终被杀。自此，何进的失败导致皇帝被劫持被杀戮成为可能，甚至成为一种风气。

军阀时代

何进诛杀宦官未遂导致的第一个结果是害君，第二个严重的后果是误国。

外戚、宦官以及由黄巾之乱而坐大的军阀，这三股势力都是“东汉制造”。外戚是讲究裙带关系的群体，宦官是心理扭曲的群体，军阀是尚武的群体。有一个群体都足以摧毁一个国家，何况三个。可见，东汉王朝的统治者面临的严峻的局势。更不幸的是，东汉遇到的是一个极厉害的角色军阀董卓。最终，大汉王朝毁在了他的手中。

何进与袁绍等人召董卓入京“勤王”。结果，董卓消灭了宦官集团的同时，也消灭了外戚力量。于是，泱泱大国群龙无首。军阀混战就此拉开了序幕。东汉混乱的局势一发不可收拾。即使后来的汉献帝又当了二十五年的皇帝，其间也有一些挣扎与努力，但是东汉还是名存实亡。

公元189年，短短一年的时间，大汉王朝就一股脑儿地上演了几个世纪才能集齐的足以把天下弄成一盘散沙的大事件。皇帝立了废，废了杀，杀了再立，整个朝廷就没有一天的消停日子。皇权旁落，终成乱世，这才是最严重的后果。何进之流是要为这些后果负责任的。每个时代灭亡的表象也许千差万别，但是多数王朝灭亡还是用人不当导致的。所以说，东汉的灭亡，从这个意义上说，也是典型的。

这个教训“贯穿”了中国历史，但是真正用诗歌来讲的还是曹操。而且曹操吸取这个教训，一生都在为了争取人才努力。当然，东汉覆亡的原因是复杂的。但是，曹操用几句诗非常真实而准确地道出原委，与历史严丝合缝。如果这都不是“诗史”，天下就没有其他的诗篇可以称为“诗史”了。可是我们都知道，研究东汉的文章千千万万，几十万字的大部头也有的是，但是，曹操就用了一首诗，解决了很多事情。如果这都不是诗史，谁的作品可以称为诗史?

那么，在此背景下，国家将走向何方?

请看下一章：国之凋零。

第三章 国之凋零

关东有义士，兴兵讨群凶。初期会盟津，乃心在咸阳。
军合力不齐，踌躇而雁行。势利使人争，嗣还自相戕。
淮南弟称号，刻玺于北方。铠甲生虮虱，万姓以死亡。
白骨露于野，千里无鸡鸣。生民百遗一，念之断人肠。

——曹操《蒿里行》

《薤露》哀君

曹操完成了用诗歌解释历史成败的原因的史书级别的工作，又开拓了“诗史”实录的第二高度，即运用史学笔法记叙了乱世苦难，全景式地还原了汉朝末年的战乱与苦难。在驾驭叙事方面，显然曹公要比杜甫更胜一筹。

为什么这么说？清代的诗歌研究大家方东树曾在他的论著《通论》中写道：

《薤露》哀君，《蒿里》哀臣，亦有次第，前人未有言之者。

《薤露行》《蒿里行》都是挽歌的题目，但有偏重。《薤露行》是哀悼君王级别的，《蒿里行》则是哀悼百姓臣民级别的，虽然死亡面前人人平等。既写出国君苦难，又写了黎民苦难，由上到下全景式地为我们再现了东汉末年的国难，用这样的笔触来写的，曹操是第一人。两难合二为一，才真实地写出董卓祸国。

由此，董卓祸国是实录的第二个高度，也是过渡到《蒿里行》的关键。我们来看，曹操笔下的君难。在《薤露行》后半部分，他写道：

贼臣持国柄，杀主灭宇京。

曹操指出，何进祸国，董卓祸国之余还在祸君。“贼臣”，指董卓。

诗句的意思是贼臣董卓把国家大权都掌握在自己手里，杀死被废为弘农王的汉少帝刘辩，毁坏京城。董卓是怎样杀死汉少帝的呢？

史书上记载：

> 董卓使弘农郎中令李孝儒鸩于弘农王曰：“服此辟恶。”王曰：“此必是毒也。”弗肯，强之。（袁山松《后汉书》）

史书上说，董卓派他的女婿（当时的弘农郎中令李孝儒）带着毒酒（“鸩”，古时杀人的毒酒）给刘辩。李孝儒很不厚道地对弘农王刘辩说，这是祛除邪病的良药。刘辩虽然是个孩子但不是傻子，自然是不肯喝的。但是，史书用“强之”两字记录的，大家就可以发挥想象了。读了史书上的这段的描述，感觉到一种悲凉。

还有一段故事，可能会让今天的痴情男女潸然泪下。

刘辩自知大难难逃，乃与其妻唐姬及随从宫人饮宴而别。弘农王刘辩悲歌道：“天道易兮我何艰！弃万乘兮退守蕃。逆臣见迫兮命不延，逝将去汝兮适幽玄！”乃令唐姬起舞，唐姬举袖而歌。有人长歌有人舞。歌毕，弘农王对唐姬说了一番话：“爱卿是本王的妃子，势将不复为吏民之妻。自己保重，从此长辞！”遂喝毒酒而死，时年十五岁。

这样悲情的故事，当年楚霸王项羽曾经“演”过。不过，与项羽相比，刘辩更可怜更加悲情。

至于，被董卓拥立的年仅十岁的汉献帝，更是忧心忡忡，每天都是提心吊胆的。皇帝尚且如此，其他皇族的命运就更令人担忧了。每天董卓就睡在宫中，随意强暴公主，诸如此类，董卓之流干尽祸害汉室皇族的事。纵观历史，著名的王朝的皇族如此悲惨的，除了两宋外，就要数东汉了。

“荡覆帝基业，宗庙以燔丧”，也就是说先帝们的基业被摧毁，就连宗庙都付之一炬。在这种情况下，董卓为了巩固自己的势力，避开群敌，下令君臣西迁长安。洛阳是董卓夺取政权、干尽坏事的地方。这方土地上反对董卓势力强大。在其“失道寡助”的洛阳，董卓的势力自然受到威胁。于是，必然选择迁移。我们都知道，二百多年来，洛阳一直是东汉帝国的都城。安土重迁的汉民族性格赋予了洛阳丰裕富饶。可惜，洛阳来了董卓。军阀董卓在这里釜底抽薪，烧毁了洛阳所有的宫殿、民宅。史书记载，当时的洛阳方圆二百多里皆是一片废墟。

东汉皇室的列祖列宗依旧在那里，安眠在那片废墟里。此时，倘若出逃洛阳的皇帝目睹了这惨烈的一切，生活在那个特别强调死后要向列祖列宗“汇报工作”的旧时代，他一定是异常的矛盾与苦痛的。生灵涂炭、江山社稷毁于贼人之手是由皇帝的无能所致。或许，他心中满溢着锥心之痛，追悔莫及的苍凉之感，还有死后无颜面对列祖列宗的愧赧吧。（在古代，宗庙是一个家族的存在乃至王朝基业的象征）

作为一国之君，最应该做的是为子民思安危、谋福利。可是，乱世之中，皇族尚且如此，百姓更是遭受着无以复加的痛苦的折磨，做皇帝的看了爱莫能助，这也是让皇帝悲痛的事情。

老百姓究竟如何呢？史书记载道：

播越西迁移，号泣而且行。

“播越”，就是跋涉迁徙的意思。董卓命令君民西迁长安，一路上西行不止。人们一边号泣一边西行赶路。“号”，和哭并不一样，“号”是欲哭无泪，不是那种世间的至痛是不会“号”的。一个字，也就是抓住了一个人的内心世界。对皇帝来说，这其实也是一种巨大的心理折磨。本应该救万民于水火之中的皇帝却只能眼睁睁地看着子民深陷水深火热的境地，眼睁睁地看着子民作殉葬品。史书也有相应记载，几千里的路上，到处都是百姓的尸体，汉末百姓命如蝼蚁，可悲可叹。

君臣不能相顾的惨象，不得不让曹操感慨道：

瞻彼洛城郭，微子为哀伤。

诗句意思是，看到洛阳残破的城池，微子也定然会难过不已。

有别于通俗易懂的民间笔墨，以曹操为代表的文人创作的汉乐府常常引经据典。以上这句就是一个例子。诗句中的“微子”，据《尚书大传》中记载，是商纣王（商纣王，商朝最后一位皇帝，是历史上著名的昏君）的兄弟。微子是商朝灭亡的亲历者，有感于亡国之痛，于是在殷商（商朝的国都）残破的都城旁，写下了哀伤满满的《麦秀》。

那么，曹操为何在此处提到微子的典故呢？我们会发现曹操说话很有水平。曹操说，目睹过亡国的微子看到洛阳这等惨象，还要大吃一惊。这样说是极言何进误国、董卓之乱造成的乱世景象极其悲惨，亡国之痛极其深重；曹操更是以微子自喻来表达自己作为汉臣痛失社稷的悲伤，为皇帝高唱挽歌。

曹操在其诗歌中写出了之前从未写过的汉末刘氏皇族任人宰割、痛失家国以及黎民百姓流离失所、横尸遍野，写尽了无助、绝望、追悔与自责……

汉灵帝用人不当，是今天一切惨象的根源。这是曹操对汉帝国政权土崩瓦解的一个反思。他的《薤露行》之所以伟大，就伟大在运用了写实的手法，把抽象的道理真实、形象地描写并记录下来。让从来没有经历过战争之苦的人感同身受，这就是我们应该肯定曹操在文学创作与众不同的原因。我们看到曹操的事业不比刘备、孙权差，但是指标越全面越能发现那两位除了权力还是权力，在他们的人生道路上，算不上一位政治家，充其量是一位政客。然而，曹操所表达的那份失望与关怀，则是一个客观看待曹操的角度，这与小说里面对曹操的判断与描写有很大的差别。不过罗贯中恐怕早已经忽略了这些事实。

起底曹操

《薤露行》写出历史的苦难，写出了君王皇帝的苦难，视角独特，很是难得。但全景的苦难写照必须放眼天下苍生。这就要看曹操的另一首诗歌，震撼且动魄千古的《蒿里行》。

也是因为这首诗，曹操的理想也就随着他对这个社会的观察而清晰起来，无论是为了解救君王，还是改观局面，拯救百姓，就得明白“枪杆子里出政权”，至少得明白枪杆子里有力量。自然地，这是后话。

曹操的异军突起是与东汉帝国的苦难纠缠在一起的。换句话说，历史选择了曹操，曹操也选择了历史。由此，《蒿里行》就成了一份珍贵的资料。

在汉灵帝时代，曹操身边的力量给我们呈现了很多假象。

曹操的父亲（大宦官曹腾的养子）曹嵩靠捐款买到了太尉这样的高官（三公九卿是那个时代当官的最高级别，太尉属于三公之一）。

这件事史书上有记载。汉灵帝这个人怪得很，被人们痛骂昏庸，其实他不笨，写过很多研究经学的文章，能达到一般学者的水平，已经很了不起了。但在智商上毫无破绽的人，竟然做了很多荒唐事，以至于后来的“一家人”刘备都看不过去，经常点名批评他，更不用说当时的东汉重臣了。

汉灵帝有很多怪癖，一个就是生活作风荒淫无度。

> 灵帝初平三年，游于西园。起裸游馆千间，采绿苔而被阶，引渠水以绕砌，周流澄澈。乘船以游漾，使宫人乘之，选玉色轻体者，以执篙楫，摇漾於渠中。其水清澄，以盛暑之时，使舟覆没，视宫人玉色。
>
> 宫人年二七已上，三六以下，皆靓妆，解其上衣，惟著内服，或共裸浴。（晋·王嘉《拾遗记》）

以上是东晋王嘉在其著作《拾遗记》中的记载，其中记录两件汉灵帝荒淫之事。第一件是“裸游门”。汉灵帝修建了大规模的裸泳馆，规模宏大且人数众多，但除了宫女、宦官，只有汉灵帝一个男人游于其中。虽然汉灵帝的做法和十六国后赵石虎抢掠十万民女，并强迫宫人裸游无法相提并论，但是作为大国之君，中原衣冠之族，也足见人伦丧尽。第二件是“着衣门”。汉灵帝像后来的张献忠，不能精兵简政，只能精简女子服装。这种要求全体宫人只着内衣的荒淫做法，可见其人性卑劣。

汉灵帝的另一个怪癖就是敛财无度。汉灵帝先是在后宫仿造街市，街上买卖的货物都是搜刮来的奇珍异宝。宫女和嫔妃们扮成做买卖的商贩和游人，甚至表演杂技的、卖唱的，把宫阙弄成了一个活脱脱的市井。在这里面，汉灵帝撒了欢地享受“人间乐趣”。据史书记载，他还喜欢用驴子驾车，扮成车夫亲自执鞭在集市上游逛。皇帝喜欢，群下效仿，结果京城的驴价瞬间翻了好几番。但不久汉灵帝就厌烦了，毕竟是一个皇帝，要玩的就玩别人没有的。于是他便又突发奇想，在西园开办了一个拍卖会。商品很特殊，是国家的各种官职。这位皇帝在经商上很有头脑，分门别类，按照权力级别大小，制定不同的价格，在西园这个历史上最著名的官职拍卖市场，制造了一派经济繁荣的景象：各种官位的价格不等，大体上是按照官吏的年俸来计算的，比如一个年奉两千石的官位，标价一般是两千万钱。大致上，官位的价格是官吏年收入的一万倍。标价并非一口价，而是像今天的拍卖会一样，求官的人可以出价竞争，最终出价最高的人中标上任。官员上任之前，先要交纳四分之一到三分之一的官位标价，也就是在拿到俸禄之前，必须先预付大约二十五年的收入。这等高额的买官费，一般的富户豪绅也是支付不起的。

但是即使这么苛刻的条件，所有职位还是售罄了。买主中有一位就是曹操的父亲曹嵩。但是正是曹操的父亲是宦官曹腾的养子，父亲的高位又是买来的，这不但没有给曹操带来任何声誉、任何加分，反而让曹操更加的“身败名裂”。后来曹嵩又被徐州刺史陶谦所杀，也没有给曹操积攒下什么力量。尤为重要的是，曹嵩被杀后，曹操为父报仇，屠城徐州，杀害十余万百姓。这件事也是曹操一生的污点，没有什么可以隐讳的。

另外，肯定也有人说，曹操不是做过汉灵帝手下八大典军校尉之一吗？但是这些典军校尉，在那时并没有多大的实权。对曹操而言，除了有了一些具体的军事锻炼，并没有形成自己的力量。

能动用的力量也就是朋友了，如果能从朋友那里借来兵马或者钱财，这就是一个资本。但是，最需要的还是一个契机。多年后，在曹操的名作《蒿里行》里，我们可以看到那个时代与曹操相互地选择。

姊妹《蒿里》

十年之后，曹操写出了《薤露行》的姊妹篇《蒿里行》。

《蒿里行》写的是董卓乱之后臣民百姓的哀苦。《蒿里行》中的“蒿”字的意思就是“枯槁”，一个人枯槁了就是说他死了；“蒿里”就是枯槁的人（死人）所居之处。在乐府诗里，据说《薤露行》《蒿里行》都与田横之死有关，《薤露行》的较早的版本前面我们提过了。《古今注》所记载的《蒿里行》的较早版本是这样的：

> 蒿里谁家地，聚敛魂魄无贤愚，鬼伯一何相催促，人命不得少踌躇。

所以从这样的民歌内容着眼，无论后人怎样创新，大体上还是不能违背这类民歌的初衷。曹操的两篇《薤露行》《蒿里行》，一首是悼词，一首是“鬼片”（有万千在战争中流离的孤魂野鬼出演的鬼片），悲壮异常。这两首诗，人们都说是姊妹篇，但是它们相差十岁。当曹操写出《蒿里行》时，他已经在乱世中度过十年的光阴，可见，在这战火纷飞的十年中，百姓都在经历着颠沛流离、生离死别。可想而知，每天都在生死边缘徘徊是何等的痛苦。

汉代文学的高峰，不是乐府，不是大赋，也不是史书，而是著名的

《古诗十九首》。《古诗十九首》是中国文学史上的经典之作。这时代之所以会诞生伟大的著作，要归功于汉代的苍凉的时代气息的熏染与造就。董卓之乱爆发后，天下的义士、各郡的英雄们不是没有正义的反应。作为汉代的文人文学代表的曹操自然有话要说。在《蒿里行》这首诗里，曹操写道:

关东有义士，兴兵讨群凶。初期会盟津，乃心在咸阳。

“关东”，即函谷关以东，指洛阳为中心的中原地区。“群凶”，指董卓等祸国殃民的人。“孟津”，即孟津（今河南孟州市南）。相传，周武王伐纣之时，曾在此大会八百诸侯，讨伐无道的商纣。此处为虚指，表达曹操对这批豪杰的期许。“乃”，代指这些义士。“咸阳”，代指的汉献帝、董卓所在的洛阳。

这四句的意思是关东各郡的将领豪杰，联合起来讨伐董卓。大家像当年周武王讨伐昏君商纣那样，直捣洛阳，消灭董卓，恢复社稷，还政于天子。

在曹操心目中，汉灵帝虽不怎么样，但是毕竟有恩于曹家，无论刘辩还是刘协也都是汉灵帝的骨血，都是皇子。他决心要像侍奉汉灵帝一样侍奉这两位中的任何一个。起码彼时的曹操是这样的想法。

据史书记载，这次联盟的盟主就是声威显赫的袁绍，副盟主、奋武将军则是袁绍的发小兼密友曹操。不能不说，这是让人振奋的，那么进展如何呢?

壮志初露

曹操怎么也没有想到是这样的情况。有诗言道:

> 军合力不齐，踌躇而雁行。势利使人争，嗣还自相戕。淮南弟称号，刻玺于北方。

“踌躇”，即犹豫，我们读曹操诗歌时候会经常看到“踌躇”这个词。“雁行”，大雁列行飞行的样子，形容军队列阵后观望不前的样子。“嗣还”，一个时间副词，不久以后的意思。“淮南”，指袁术，其在淮河南岸的寿春称帝。“北方”，指袁绍。“刻玺”，皇帝的印章称为玉玺，这里代指拥立新君。

这段诗文指出了当时天下的乱象。诗文的意思是，原本以为大家约定好齐心协力一同攻打董卓的行动会很顺利，但没想到的是大家面和心不和，都打着自己的小算盘。等到真正的进军时候，大家都像大雁一样逡巡不前。

不仅如此，他们根本没有跟敌人接火、交战，更过分的是他们自己人先打了起来。讨伐董卓势力的联军不攻自破。在“讨董”联盟行动失败后，身在淮南的袁术称帝，身在北方的袁绍也拥立一个傀儡皇帝以便自己争夺天下。

本意是为了解救皇帝，但是在行动中大家各自打着小算盘，结果不但没有解救出皇帝恢复汉王朝，还进行了更“细致”的瓜分，各抢地盘。那么，“讨董”联盟行动为什么失败呢？这中间到底发生了什么？

归根到底，罪魁祸首就是这两个字——利益。几个草民的利益之争，无非闹出几条人命，但是统治阶层里的利益之争，哪怕就是几位大人物的私利之争，由于他们权高位重，可调动更多的资源，那么也会演变成一场全民的残杀与屠戮。几千年来，中国老百姓的一个重要任务就是用自己的身家性命，完成统治者利益的分配与争夺。尽管很多时候这个利益与他们一毛钱的关系都没有。因为获利的人未必感激回报，但是失利的人则是疯狂报复。

先是曹操的密友袁绍与刘备的同学公孙瓒为了私利打起来了。《三国演义》中也有这事件的描述。后来这只联军索性散伙，联军参与者各谋各的利益，各自去占地盘。但是，最终谁来打董卓呢？真正值得点赞的其实只有两个人，一个是大名鼎鼎的孙坚（孙权的父亲），另一个便是当时名不见经传的曹操。

史书记载了一场非对称战役——汴水之战。汴水之战是曹操独自“讨董”的第一战，也是他生平打的第一场败仗。大家都知道“讨董”联盟军的力量固然强大，但没有向心力。当时，曹操认为在董卓大肆“焚烧宫室，劫迁天子，海内震动”，应趁机与之决战，不然一切都无法挽回。于是力劝大家出兵进攻董卓。但是大家并没有听曹操的，不忘私心、各自谋利、抢占封地。情急之下，曹操只好借别人的军队，独自率军主动向西追击。曹操所借到的队伍少得可怜，扳着手指头都能数得清楚。他率军行进到荥阳汴水一带（即今河南荥阳地区）的时候，不幸地遭遇到了徐荣。这个徐荣可不是简单的人物，他是董卓手下第一猛将。虽然，在《三国演义》影视作品中他没活过两集，但在历史上他绝对是东汉对外战争中涌现的无数将星之一，绝对是率领千军万马骁勇善战的大将。双方展开了一场拼死的厮杀。可以想象，在势力悬殊的厮杀中，曹操是多么窘迫。这一战下来，曹操身中流箭，其战马阵亡。战斗惨烈到了什么地步呢？史书记载道：

从弟洪以马与操，操不受。洪曰：“天下可无洪，不可无君。”遂步从操，夜遁去。(《三国志》)

诗句的意思是，曹操的堂弟曹洪把自己战马让给曹操。古代战场上，战斗的武器和战马尤为重要。此处，曹洪把战马让给兄长曹操，说明当时的局势紧张到生死抉择的程度。在电影里，这个桥段就意味着一个角色即将告别演出了，也就是意味着战斗到这个地步。但是，曹操不同意曹洪牺牲自我，不接受其战马武器。曹洪却再次劝说道，天下可以没有曹洪，天下却不能没有曹操啊。由此可见，曹洪并非一时冲动，而是经过深思熟虑的，并且深知曹操的理想和信念，才选择这样去做的。战争，不仅仅是良知，还要有那种“乃心向咸阳”的信念的支持，才能取得最终的胜利。

如果你是曹操，在讨伐董卓联盟各自为政的情况下，你会像曹操一样独自带兵坚持讨伐董卓吗？恐怕，跑在撤退队伍的最前面，还嫌自己今天这速度没发挥好吧!

《蒿里》哀民

但是，子民的苦难能由此被中止吗？《蒿里行》的最后六句则说:

铠甲生虮虱，万姓以死亡。白骨露于野，千里无鸡鸣。生民百遗一，念之断人肠。(《蒿里行》)

意思是，结果军阀们不断地发动战争，争抢地盘。战士的铠甲都因为常年征战不脱而长满了虱子。老百姓只能任人宰割，大批死亡，出现了原野上便是百姓尸骨，广袤的大地上竟然没有人烟的惨象。幸存者，百人中仅有一人，一想起来就让人痛不欲生。

诗句中，选用的数词“万、千、百、一”，一个递减的数字序列，这是民生惨状的最真实的摹写。真的有这么惨吗？我们来看历史资料是怎么表述的。

首先，我们来看被董卓胁迫西迁的洛阳百姓。史书是这样记载的：

> 步骑驱蹙，更相蹈藉，饥饿寇掠，积尸盈路。（《后汉书·董卓列传》）

这支被迫西迁的百姓队伍真是祸不单行，从出城那一天开始，就成了案板上的肥肉、待宰的羔羊，不是兵灾，就是盗寇，再加上饥寒交迫，就不断地有人死亡，尸体堆积遍野。难怪曹操写诗时候用了一个“号”字，确实是与史书相互印证。

没迁移的百姓也没有好日子过。史书写道：

> 卓尝遣军至阳城，时人会于社下，悉令就斩之。驾其车重，载其妇女，以头系车辕，歌呼而还。（《后汉书·董卓传》）

董卓的军队曾经到过阳城这个地方。当时正好赶上百姓在社下（社是古代老百姓祭祀祖先的地方）。也就是说，老百姓在集体活动的时候，董卓起了恶心，下令把集会的百姓一网打尽。杀死所有男子，抢走妇女和财物，可谓是“马前悬人头，车后载妇女”。他们还掘人坟墓，水煮活人、油灌活人……真是罪恶滔天。

看过《南京大屠杀》的，都会为其中的屠戮情景所震惊。其实在军阀混战的年代，每一天都是屠杀，而且有时候中国人杀中国人似乎更无情。董卓的军队烧杀淫掠、杀良冒功，以杀人为乐。战争中，长幼不相顾，夫妻不相顾。无论是白发老人，还是哺乳婴儿都不过蝼蚁一般，人们对死亡已经麻木。对他们而言，死亡成了再寻常不过的事了。

悲哀的是，农耕民族在暴力面前懦弱无比，但是还推崇暴力。所以，只要有人手里有了力量，对人命就轻视起来，视如草芥。比如，《朝野佥载》里记载，隋代末年，军阀诸葛昂和高瓒豪侈凶残，常互相争强赌富。

一天，高瓒宴请诸葛昂，他把一对十来岁的双生子烹熟，将其头颅、手和脚分别装在盘子，端上宴席。不久，诸葛昂宴请高瓒，让自己的一位爱妾敬酒，那妾无故笑了一下。不一会，诸葛昂把这位妾整个放在大蒸笼蒸熟，摆成盘腿打坐的姿势，脸上重新涂好脂粉，身上用锦衣遮盖着。这道“菜”抬上来后，诸葛昂亲手撕下她大腿上的肉给高瓒吃，神态自若的诸葛昂又撕扯妾的乳房上的肥肉大吃大嚼、尽饱而止。最讽刺的是，后来诸葛昂和高瓒被盗贼抓走，他们拿不出盗贼勒索的钱财。于是，被绑在木桩上，他们的肉被割下来烤熟，配酒吃了。

这样的片段，不绝于史。在这样的情况下，在重大的祸乱中，农耕民族，主要是汉族人口损失经常性的创造历史，蒙古南下，有专家统计，仅南宋境内损失人口不少于两千四百万，全国境内损失人口近四千万（《中国历史纳要》）；太平天国之乱，约有三千万人死于战争。汉末的老百姓也是如此，哪有什么机会惩处恶人，做个强盗都没有资格，只能是任人宰割。董卓死后，各路军阀混战，打仗杀人比吃饭喝酒还频繁，人口也就自由落体般的下降了。

下面一些相关数据，或许更有说服力。有专家说，汉灵帝统治下的东汉末年，东汉人口大约有五千六百万。到几十年后的三国末年，即使经历了一个人口恢复的小高潮，三国时期，人口总和在一千万左右。也就是说，除去数据误差，最保守的估计，汉末至三国短短几十数年间，由于战乱，中国人口损失了四千万以上。这个抽象的数字是什么概念呢？在欧洲的战争中，损失几千人就足以载入史册了。而我们汉末，屠城的恶行就可以造成几十万的人口损失。相较之下，我们可以看到东汉末年的战争是多么的残酷。汉灵帝错用裙带关系，何进没智慧地错误地做决策，董卓为了一己之私肆意戕害社稷，导致战争一触即发，生灵涂炭。

纵观历史，我们也看到过很多类似的屠戮与战争。本质上，战争是深刻地考验统治者的良知、素养和理想的。但是所有的惨象都可以归咎于汉灵帝的用人不当。当一个人拥有了权力，他可能是民众的救星，也可能是魔鬼。

行文至此，已经毋庸置疑。曹操作为历史的亲历者、参与者更懂得如何描写历史，更懂得如何呈现时代全景。这就是诗史的最重要特征，曹操完成了，即使后世的杜甫，也只能选择以更多小切面来完成诗史的创造，但是在全景的描写历史，在深刻的解释历史命运走向这一个阵地上，曹操不仅仅是祖师爷，而且是永远的祖师爷，一直被模仿，从来未被超越。

另外，千万不要忘记，曹操的诗歌里有满带血泪的数字，也有“微子为哀伤”，还有“念之断人肠”的怜悯。曹操有政治家的气度，也有文人的情怀。这也是曹操诗歌“诗史”的特色，不是所有的政治家和文人能够做到的、写出的。也正因为如此，诗史的惊心动魄之处不在于他的文字有多么工整，技巧有多么高妙，而是在于他的笔触的精确性不输史书，悲悯之心的情怀也不输造物主。伟大的诗篇就像漫天的繁星，无法数清，但伟大的实录可以枚举。显赫一时的帝王将相终将成为尘土，但是每一份人性的温情必将被人们永远地铭记。从这个意义上说，曹操是一个包含血肉，忠诚、怜悯的人，起码在他踏上政坛初期。曹操用自己的诗歌成全了历史，也成全了自己。

但与此同时，一切的悬念也就因此铺开了。创造了诗史写法的曹操在文学上还会有怎样的建树呢？作为能写诗歌的军阀曹操与别的军阀有什么不同之处呢？

请看下一章：歌以咏志。

第四章　歌以咏志

东临碣石，以观沧海。水何澹澹，山岛竦峙。
树木丛生，百草丰茂。秋风萧瑟，洪波涌起。
日月之行，若出其中；星汉灿烂，若出其里。
幸甚至哉，歌以咏志。

——曹操《步出夏门行·观沧海》

上一章我们了解到曹操完成了文学上的一个改造，开创了诗史的写法。更重要的是他的这个创作留给我们无限的遐思。从中我们可以窥见曹操不同于普通的军阀，也不同于刘备、孙权等枭雄之处。这还要从他的诗歌说起。

建安十二年（公元 207 年），曹操依旧按照“旧瓶装新酒”的写法完成了文人乐府《步出夏门行》组诗。这组诗有很多“看点”，其意义影响深远。直到今天，估计很多人都知道其中的两首诗《观沧海》《龟虽寿》。

那么，为何这组诗让人们特别感兴趣呢？因为它具有如下两大成就：第一，组诗虽不是曹操的发明，但是文人乐府以组诗的方式出现是曹操首创的；第二，这组诗是中国文学史上第一首山水诗。

成为文学史上的第一很难，更难的是成为两个第一。

《步出夏门行》整组诗歌分为五章，除了相当于序言的第一章《艳》之外，其他四章独立成篇，而且这组诗的后四首也就是正文部分，结尾使用了一种共同的写法——“幸甚至哉，歌以咏志”。“歌以言志”“歌以咏志”是《诗经》的传统，放在别的诗歌里，也就是一个套话。但是这一组诗里确实有一部分文字是倾诉自己的志向的。

最重要的是，这组诗出现的时间比较特殊、敏感。曹操写诗的时候，是刚刚完成远征乌桓的行动。第二年，爆发了著名的赤壁之战。这组诗的内容还与七年前（公元 200 年）的著名的官渡之战相关。这三件战事不管哪件都是对当时影响巨大的。所以，我们不得不追问道，这一组诗当中到底蕴藏了什么玄机。

我们重点来解决后两个问题。

东临碣石

这首组诗的玄机之一是讲出了曹操的志向。

那么，他的志向是什么呢？我们得一层层地来揭示。这首组诗中的一篇名作《观沧海》写道：

东临碣石，以观沧海。

这是《观沧海》的开篇两句，意思是，我向东来到了碣石这个地方，得以直观沧海。

于是，我们有了两个疑问：一是碣石在哪里？二是曹操为何会来到碣石这里？

关于碣石的具体位置，历来众说纷纭，有人认为是碣石山位于现在河北省乐亭县境内，不过现已经沉入大海。有人认为是河北昌黎县北的碣石山。而且还有“升级版”之争，有人认为不在河北境内，而是在山东或者辽宁。目前还没有定论，大家争得不亦乐乎。

我在还没有完全考证清楚的情况下，也不敢下结论。但毫无争议的是碣石山一定是依傍大海，而且是在当年曹操远征乌桓凯旋的行军路线上，曹操曾驻足于此，登高而赋。

曹操为何经过碣石？

为了讲清这个过程，我们不得不提到远征乌桓，一个意义不亚于赤壁之战的历史事件。

公元200年，曹操在官渡打败了袁绍，为统一北方开了个好头。但是瘦死的骆驼比马大，袁绍的儿子们还占据着冀、青、幽、并四个州（现在的华北地区，包括河北、山东、山西一带），还有大量的人口，实力不容小觑。公元204年，曹操继续讨伐，占领四州。袁绍的儿子袁谭被斩。袁尚、袁熙逃往辽西柳城（今朝阳市南袁台子古城），投奔与袁绍甚有交情的“乌桓”。

这个“乌桓”是个什么角色？

乌桓是我国古代东北方的一个游牧民族，是古代东胡族的一个分支，活动在现在的辽宁西部、北部长城一带。东汉末年，天下大乱，群雄割据，东汉也就再没有能力管束这些盘踞在边疆各处的少数民族了，得闲的乌桓就慢慢发展起来。而且趁着乱战，居然成为各路诸侯成败的x因素（即未知因素），成为各路诸侯争相拉拢的香饽饽，乌桓也就看酒下菜碟，从中渔利，时不时地入关分一杯羹。

那么，二袁为何不逃往别人的地盘，偏偏投奔乌桓？

这就是袁绍的恩荫了。袁绍的才智比不上曹操不假，但是比起其他军阀，那还是绰绰有余的。东汉末年，当大家还忙于内乱的时候，袁绍就向“乌桓”这个野孩子抛出了橄榄枝，走了两步棋：第一步，他假借汉献帝之名把乌桓的首领立为单于，相当于假借汉朝的余威给了乌桓王一个名分，因为袁绍毕竟是“四世三公”，也就是说四代人中有三人做到了三公（司徒、司空、太尉，都相当于宰相）的位子，是典型的名门望族，而且袁绍凭借年轻时灭除宦官，暗中保护忠臣贤士赢得了巨大声誉。对乌桓来说，他的支持是不可或缺的。乌桓王得到单于的称号，眼眶都湿润了。第二步，将家人之女嫁给乌桓王，通过和亲政策来巩固与乌桓的关系。这也是跟汉高祖刘邦学来的技巧，当年白登之围后的刘邦，对匈奴头疼的不得了，后来接受了他的手下刘敬提出的和亲建议，通过牺牲几个女子的幸福，换取农耕民族所有家庭的幸福。苦了那几个，幸福千万家，说得高尚一点儿，那就是通过个人的最大牺牲换取相对的信任与友谊。

这帮了袁绍不少的忙，起码减轻了袁绍腹背受敌的压力。结果，袁绍生前没想到也不期望的是居然自己死后儿子们派上了用场。

二袁北逃，难题来了。曹操又该如何出牌？

二袁北逃引起了曹操内部的大讨论。早在公元206年（建安十一年），曹操让董昭修建了两条漕运：一条是“平虏渠”，由今河北省饶阳县至沧州市；另一条是“泉州渠”，在今天津市宝坻、武清二县境。一眼就能看出来，这样做都是为了便于运粮北上，彻底消灭袁绍的势力。结果，一开会，意见乱得跟国外开会似的，有人认为袁绍已经被彻底打败，如果要北伐去攻打乌桓，一旦孤军深入，胜败难料；而且南方的刘备若是趁机偷袭，会被人端了老巢。与其腹背受敌，得不偿失，不如先征讨刘表。

南征与北伐，成了一个问题，这首组诗的第一首《艳》里这样说道：

> 云行雨步，超越九江之皋。临观异同，心意怀犹豫，不知当复何从？

“云行雨布”，行云布雨的意思，古时候云雨也有上苍恩泽的意思。“九江之皋”，著名学者余冠英先生认为是指当时的荆州，也就是刘表的地盘。意思是我原本也有到南方施布恩泽（南征的委婉说法），当时也曾经面对着这些争议，心中犹豫，不知何去何从。

这时，谋士郭嘉站了出来。他的结论是，此时正是攻打乌桓、灭袁氏的最佳时机。说了三个理由：第一，如果大军现在立刻北伐，乌桓此时未必有准备，这样可以乘其不备，出奇制胜。第二，如果错过了这个良机，等袁尚、袁熙兄弟在乌桓那里成了气候，到时必将成为北方的一个大患。第三，刘表、刘备则根本不用担心，刘表的心胸不见得比针眼大，不可能对刘备加以重用，后患也就无从谈及了，所以他也就不会听从刘备攻打许昌的建议。

这话说得不长，但是逻辑清晰，利弊鲜明。一个由各种意见组成的会议才是真会议。曹操很高兴，拍了板，力排众议支持郭嘉。不仅如此，他还下令亲率二十万大军奔赴辽西，要知道后来南征，在赤壁也就是有二十万的军队而已，而且还包括在乌桓之战后扩编的人马。所以，史书说，这次远征就是“虚国以征”，下了血本，孤注一掷。历史上，好多时代为了巩固现有的势力，当权者不惜对外认贼作父。曹操没有，他绝对不会为了内部争权而卖国家利益的。

此战是否一帆风顺?

远没有想象的那么轻松，竟然差点儿为一场大雨所毁。

建安十二年（公元207年）五月，曹操行军到无终（今天津市蓟县），计划从蓟县出发，经玉田、丰润，沿山海关进锦州，直捣乌桓。人算不如天算，没想到刚赶到今天的蓟县，大雨倾盆，一下就是十几天，洪水频次。已经做了很多最坏的准备，但是没想到的是现实情况比准备的更坏。曹操很郁闷，如果直捣乌桓老巢的计划彻底泡汤了，南征的计划也就不能实施了，真是天不予我。那时曹操的心境可想而知。

那么曹操会不会有转机呢?

就在曹操一筹莫展的时候，就像官渡之战时来了许攸得到转机。这时候，来了一个田畴。

史书记载道:

秋七月，大水，傍海道不通，田畴请为乡导，公从之。（《三国志·武帝本纪》）

看过《三国演义》的人应该清楚，这个田畴是个奇人，比如他在乱世期间，先把他的家乡无极建成了一个世外桃源，在那里面还尝试着推行一些类似选举制度，创新管理方式等，绝对都是当时乃至后世看起来都认为奇葩的事情。同时，田畴还是个辽西“地理通”。当年袁绍听说了这个人物，多次聘请，诚意不亚于刘备“三顾茅庐”。结果，田先生看透了袁绍胸无远志、只顾私利的性格，不肯把自己的“终身”押在袁绍这里，坚决不肯辅助袁绍。可是，今天主动来辅助曹操，还设计了一个路线图：北出卢龙塞（今河北喜峰口），绕过白檀（今河北宽城县药王庙古城）、平刚（今辽西凌源市境内），东指柳城（今朝阳市南袁台子古城）。这条路已经废弃了二百多年了。

而且，曹操也不是吃素的。他认为，要是改换路线，对手的侦察兵还是会发现的。跟少数民族作战尽量多动脑子，中原的人从战国时代就锻炼出了这种穷极智力的斗争能力，曹操也不例外。

为了迷惑乌桓，曹操假装已经退兵。他让士兵在原来的道路旁立了一块木牌，上面写着“方今暑夏，道路不通。且俟秋冬，乃复进军”。“三郡乌桓”的侦察兵连脑子也没动，就以为曹操已撤军，因而就放松了防御。

当乌桓得到消息的时候，曹操的军队只有二百里的距离。这样的距离，对于骑兵来说不算什么，基本上就相当于空降到乌桓的腹地了。

历史意义深远的白狼山之战开打了，曹操这次率军轻装创造了被认为其戎马生涯中最值得纪念的军事冒险之一。决战前，曹军的精锐骑兵和“虎豹骑”，已经经过十几天的山路和急行军，体力已经大打折扣，更何况他们的重装主力步兵在后面。面对多于自己的乌桓军，很多人也都发怵。在此情况下，大将张辽“劝太祖战，气甚奋”。曹操看他气吞山河、勇猛无畏，于是说：“壮之，自以所持麾授辽”，张辽与另一员猛将张郃带领曹军拍马下山，直冲敌阵，与乌桓骑兵在白狼山下一场血战。名冠天下的三郡乌桓的主力骑兵，一下子乱了阵脚全面崩溃。夕阳西下的时候，尸体堆满了丘壑。此战中，曹操大获全胜，斩蹋顿及名王以下十余人，俘虏二十余万人，还把乌桓骑兵编入自己的骑兵，成为后来三国争雄的资本。这场战役，曹操五月带军出发；九月便做好了各项安抚工作，带着十几万被乌桓掳走的汉族百姓撤出柳城；十月沿辽西走廊返回时途经碣石，并留下这组千古诗篇。

这就是曹操经过碣石的情况。

至此，曹操曾经的密友袁绍及其家族也就可以在电视剧里消失了。这一战为汉民族与北方少数民族又争取了近百年的和平与安宁。他已经不简单的只是个擅长“同室操戈”的内战高手了，而且无论后人怎么评价，一想到五胡乱中华的惨象，都不能否认他是一位真正的民族英雄。换言之，那个时代没人能做到的事情，曹操完成了，不是委曲求全地和亲，不是认贼作父，也不是割地、偏安，是通过战争完成的。这就等于把东汉未竟的事业，在一个分外艰难的环境中，又推进了一步。而且，从历史上看，在边患奇多的古代中国，很少有人能用一场战役为他的民族争取了一百年的和平空间。与曹操同时代的枭雄孙权没有做到，刘备也没有做到。

能做的，曹操都做了。

以观沧海

经过远征乌桓，曹操也就完成了对曾经的密友袁绍及其盟友的最后清剿。在戎马生涯中，雅好文学的曹操自然是不肯放过任何一次登高必赋的机会。我们看了《三国演义》，却没有发现曹操的文学爱好者、创作者的身份，只看到他就是一方诸侯，本身就说明《三国演义》在塑造曹操的时候并不客观。如果再拿刘备、孙权的业余生活描写相对比，只要大家反射弧不太长，就能知道哪一个更有追求，哪一个更有诗意与远方。

这一次曹操来到碣石山。在碣石山上，他看到了什么？看到的东西又对曹操形成了什么影响呢？《观沧海》写道：

水何澹澹，山岛竦峙。

“澹澹”是波浪起伏的意思。“竦峙”是高耸的意思。

诗句的意思是，大海扬波，岛屿高耸。这是一个全景式的描写。居高临下，放眼望去，大海、山岛尽收眼底。他接着说：

树木丛生，百草丰茂。秋风萧瑟，洪波涌起。

意思是山岛上有丛生的树木，各种各样的奇花异草生长茂盛异常。海上吹起萧瑟的秋风，波浪涌起。

虽然登高必赋是古代文人的传统。但曹操四句话与众不同？不同在哪里？

我们都知道，深秋时节，尤其是秋冬之交，那是让人伤感的时刻，万物凋零，世事悲凉萧瑟，诗人所感慨的都是人生将尽，壮志难酬之类的，感时伤怀，无比萧瑟。比如，大家所熟知的那些与秋天相关的诗句“无边落木萧萧下，不尽长江滚滚来”“却道天凉好个秋”“秋风秋雨愁煞人”，所以就像把总写边塞诗歌的岑参、高适等边塞诗人称为“边伏侠”一样，网友们把写秋天较多的中国诗人，包括杜甫、李清照等人戏称为“赋愁者联盟”。他们的悲秋诗，一读就会落泪。但是与他们不同，曹操的眼光非常独到。他不体会温度的变化，不去看周围的萧条，而去看是那些反常的自然景象：在远处海岛上，还有生命在坚持着；在这原本萧索的季节里，还有生命在坚持；曹操发现，秋风原本要横扫落叶的，也奈何不了生命力顽强的百草，即使秋风从海上刮过，汹涌的波涛也毫不示弱地展示自己的力量。

他眼中所见的都是对所谓的规律、成见的一种反抗，都是“逆天”之举。人的觉悟往往都是瞬间实现的。

在这朗朗白日之下，曹操闭上眼睛展开了无穷尽的想象：

日月之行，若出其中；星汉灿烂，若出其里。

天地间极其伟岸的日月，无边浩渺的银河，在海面上，仿佛从大海中升落。

大海以其磅礴的气象，无边的浩大，不可驾驭的威力，征服了天地间的一切，也征服了曹操。且看诗歌结尾：

幸甚至哉，歌以咏志。

喜悦到了极点，曹操用这首诗歌来抒发自己的心愿和志向。

看来，曹操对大海来了感觉。如果用四个字概括，那应该是“相见恨晚”吧。为何这么说？因为大海给了曹操很多启迪，让曹操产生了共鸣。他把大海和自己的事业联系起来。

东汉末年，天下群雄逐鹿，最缺乏的就是一个像大海一样的人物，能够主宰沉浮，完成女娲补天的壮举，一举定乾坤。放眼望去，生灵涂炭，烽火四起，动荡不堪，安定祥和遥遥无期。

然而今天，曹操平定了乌桓，确保自己在北方不会遭到致命打击，又使自己在北方最大的对手袁绍及其势力灰飞烟灭，基本上已经平定了北方。这种成就感本来就可能激发更大的能量，唤醒了曹操的梦想与责任感。以前只是一些想法的东西突然生动起来了，曹操顿悟，他自己梦想中统领主宰、吞吐一切的景象，跟这大海有何区别？不肯向现实低头的战斗精神，又和这情景有何不同？所以当站在这无所不能、无所不包的大海面前，曹操感觉到大海就是一个知己。他也决心用尽一生去实现自己的雄心大志。就在这一刻，他忘记了组诗里的《冬十月》《河朔寒》篇章（两首反映了行军艰难、战事艰苦的诗歌）。在伟大的理想面前，所遭遇的苦难又算什么？

曹操不会考虑太多，他很激动：他与世界所有的相逢都不及这一次与大海的相遇。比大海宽广的是抱负，没有抱负，大海也是一潭死水。

其实，古人早就看透了这一切，一个叫张玉谷的诗评家便直接点破：

此志在容纳，而以海自比也。（《论古诗》）

那么曹操的志向是什么？曹操曾写过一首名为《度关山》的诗作，表达他的政治理想。其中有这样的诗句：

天地间，人为贵。立君牧民，为之轨则。车辙马迹，经纬四极。

自从造物主开辟天地，就选定人为万物之灵长。又依照星辰随从日月的道理，设立君王，牧养百姓，维系人间秩序，规划治国的蓝图。他的踪迹所至的地方，就不断地有着经天纬地的事业。

在这首诗里，曹操还说道：

> 兼爱尚同，疏者为戚。

人人互相爱护，社会平等，疏远的人也可以成为亲近的人。

兼爱、尚同都是墨家的理想，也是大同思想的一个标志。说的再直白一些，那就是一统天下，匡扶社稷，安国理民，建立一个兼爱、大同的理想社会，完成留名青史的伟业。这个志向不同于军阀一般自私自利的愿望，甚至也不同于刘备、孙权等人。至于为什么会这么说，我们下一章会提到。

还原曹操

当时确实有人看好曹操，坚信曹操有不同的志向与能力。

史书记载道：

> （桥）玄谓太祖曰："天下将乱，非命世之才不能济也，能安之者，其在君乎"！（《三国志·魏志·武帝本纪》）

这句话的意思是，天下将要大乱，如果不是上天选定的人才就不能拯救并安定天下。这样的人物，大概就是你了。

汉末的风云人物桥玄就是这么任性地看好曹操，甚至他还把自己的家族命运提前托付给了曹操。如果大家知道桥玄说话的背景，肯定更为吃惊。为何这么说？当时的曹操乏善可陈，而且还让人有点儿失望：

> 太祖少机警，有权数，而任侠放荡，不治行业，故世人未之奇也。(《三国志·魏志·武帝本纪》)

史书说，曹操小时候就以机警、聪明著称，遇事冷静，善于随机应变，但生性放荡，不受拘束，任性使气，我行我素，对操行、学业诸事一概不在乎，因此社会上的人并不觉得他会有什么非凡的造化值得特别看重。史官都用了“任侠放荡”这样的词，也就是说曹操整天所做的有一些就是小混混级别的。《世说新语》曾经记载：

> 魏武少时，尝与袁绍好为游侠。观人新婚，因潜入主人园中，夜叫呼云：“有偷儿贼！”青庐中人皆出观，魏武乃入，抽刃劫新妇。

也就是说，曹操年轻时和密友袁绍两人常常喜欢做游侠，经常搞一些恶作剧出来。他们去看人家结婚，发现新娘非常可人，新郎异常帅气。他们在青庐里举行婚礼之时，正好这两位从这里经过。十几岁的曹操提了个建议：我看这女子不错，落在这个新郎手中，那是鲜花长在牛粪上，不如咱们给这桩婚事加点料，把新娘子劫持了吧。袁绍的反射弧很长，连必要的风险都没想就答应了。于是，所有人都听到外面传来了“着火了”的呼唤，而且还是孩子的声音，大家一股脑儿冲了出去，尤其是新郎，为了证明自己完全有能力，有担当，一个箭步冲在最前面。结果，新娘子被这两位劫走了。

我们都可以推想后面的故事。新娘子大声呼救，因为这个时候，每个人都会本能地呼救，新娘子也不例外。两个人往后面一看，好家伙，新娘子的家人宛如一支大军，倾巢而出，再加上一些见义勇为的父老乡亲，人马浩荡。眼下这情景，就只能丢下新娘子赶紧逃生了，只要被追上，那就是死路一条。

这个时候，袁绍表现出了极高的团队娱乐能力。他一个不小心滑入泥潭，而且从他下陷的速度就能看出袁绍的“吨位”。潭里有袁绍，路上有追兵，如何是好？曹操急中生智，大喝一声：“窃贼在此！”人们顺着声音就往这边赶。袁绍大怒，心想：你小子这不是出卖朋友吗？亏我每天请你吃饭，你个白眼狼！火向心中烧，怒从胆边生，袁绍大喝一声，竟然从泥潭里窜了出来，脚上还带着好多被挣断的水草。

这一跳出来，袁绍也就明白了：曹操那是激我，是激发自己的潜力来自救呀！那就既往不咎，赶紧跟曹操溜之大吉。

千百年后，在欧洲，一位小个子在路上遇见落水求救者，他并没有上前帮忙，而是拿起猎枪，悠悠地对落水者说：“再不上来，我就开枪了。”结果，那个人一生气，快速游到岸边要和见死不救、落井下石者决一死战。后来，落水者成了扛着猎枪者的朋友，扛猎枪的那位也有个刷了几百年粉的名字叫拿破仑。

异曲同工！

曹操这么顽劣，曹操的父亲不知道，但是曹操的叔叔门清。《曹瞒传》记载：曹操的叔叔心想：瞅把你能的，咋不上天呢？于是就告诉自己的哥哥曹操这孩子要好好教育，不能整日“好飞鹰走狗，游荡无度”地作一个典型的问题少年。曹嵩一听，决定要教育教育曹操。结果曹操明白了，除了父亲，叔叔才是最难对付的。那怎么办呢？

有一天，曹操碰到了叔叔，麻利地躺在地上，口吐白沫，装得有点儿类似于癫痫发作的样子。结果叔叔大惊，赶紧跑去告诉曹嵩。曹嵩一听吓坏了，赶紧跑过来，结果气坏了：他看到曹操正往家走，神情自若，与素日无异。曹嵩有些生气了，觉得弟弟怎么可以这样，不仅骗自己的哥哥，还咒自己的侄子生病。慢慢地，叔叔的那些珍贵"情报"传到了曹嵩这里就成了耳边风。曹操则顽劣无忧。

这么小的一个孩子，就会使用连环计、声东击西、激将法、离间计，而且惟妙惟肖，拿捏得恰到好处，长大了不是很可怕就是很英豪。但是从这两个小故事中，我们似乎感觉到的更多的是担忧，毕竟在特别强调德性的年代，曹操这样做是有点儿"缺德"。

这样就更让我们感到意外了。这位极其看重道德的桥玄是根据什么判定曹操的未来的？或许他看出了曹操展现出来的不同于一般孩子的智慧，或许还看到了今天的人们不能看到的很多的事实。不过，无论如何，这种超越了一般意义上的褒奖，拯救苍生、安定社稷的理想，应该是在曹操心里扎根、发芽的。这么说有根据吗？

有根据。比如，上一章我们曾经提到过的汴水之战。此外，在讨伐董卓之前，曹操的另一件事情还可以说明。董卓很残暴，但是不糊涂。他很欣赏曹操。欣赏到什么程度？史书记载道：

卓表太祖（曹操）为骁骑校尉，欲与计事。（《三国志》）

董卓上表皇帝封曹操为骁骑校尉，还要和曹操共谋大事。当时皇帝汉献帝都在董卓手里，封谁当什么官都是董卓说了算。

骁骑校尉在西汉的时候叫作骁骑将军，著名的飞将军李广就曾担任过这个官职。东汉初年，汉光武帝刘秀改骁骑将军为骁骑校尉，但是不久又恢复了旧称。到了董卓这里，为了拉拢曹操，董卓又专门设立了骁骑校尉。如果曹操担任了这个职务，那他将是历史有记载以来第一位有名有姓的骁骑校尉。东汉末年，汉灵帝设立了八个校尉，分掌军权，董卓设立的这个骁骑校尉可以统领其他八大校尉，可以调度部队。华雄捡了曹操不要的官，成为骁骑校尉的。可以肯定的是，董卓给曹操所有的权利都是货真价实的。曹操又是如何做的选择呢？

太祖乃变易姓名，间行东归。（《三国志》）

拒绝，改换姓名逃跑，募兵讨伐气焰正盛的董卓，他还成了讨董联盟的副盟主。这是非常干脆利落的回答。这才有了后来的汴水之战，也就有了后来的与众不同的曹操。我们可以看出，曹操的原则性是如此之强，如果没有内心的一种政治信仰，是绝对不可能抵御权力诱惑的。毕竟当时的曹操如果能屈从了董卓，虽然会落个助纣为虐的骂名，但是实惠也会有，会很早地就拥有他自己的军队，而军队就是一切。

幸运的是，我们能够从诗中读出曹操的志向，也看到了这个志向更加完整、坚定。这时，我们也彻底明白了，为何要在这里“言志”？不过，我们想知道他的志向还会增加什么新内容？

碣石之悲

曹操的志向抱负不同于诸侯，也就引发了一个问题：他的焦虑自然也和别的诸侯不一样，而且来得强烈。也就是说，《步出夏门行》中所说的与众不同的志向，也带来了一种与众不同的痛苦与焦虑：英雄迟暮之悲或者危机感。这也是这一组诗的第二个玄机。曹操的焦虑是什么？

是生命不可逆的短暂感。

这要从一些细节来分析。比如，前面我们讲过关于《观沧海》那种难以压抑的英雄之气，古人也有不同的看法。比如，明末清初的思想家、历史学家、大学者王夫之说：

（《碣石篇》）不言所悲，而充塞八极无非愁者。（《船山古诗评选》）

这句话的意思是，《观沧海》一诗没有谈及悲观的地方，但是却有一种充满天地之间的悲壮。

对于这个评论，后来人总想破解却苦无下手。四百年过去了，今天我们试着来解释。那么，曹操的那种感伤来自什么呢？曹操的名作《龟虽寿》作了解释。这首诗的前四句就告诉了我们答案。

神龟虽寿，犹有竟时。腾蛇乘雾，终为土灰。

“竟”，终结完成的意思。

诗句大意是神龟的寿命虽然十分长久，但也还有终了的时候。腾蛇尽管能乘雾飞行，终究也会（死亡）化为灰烬。

没有人能战胜命运赋予的生命跨度：这才是人生最大的悲凉。越是伟大的事业，越需要时间；越是混乱的局面，越需要时间；越是艰难世事，越需要时间。一切的成败，除了人自身的问题，重要的还有“时间”，这个可以成就一切，也可以打败一切的概念。曹操不止一次有这种感慨。

他在游仙诗《精列》中说：

> 莫不有终期，圣贤不能免，何为怀此忧？

“精列”，也就是精气分裂，人衰亡的意思。

诗句的意思是，人都有一个终结的时刻，即使圣贤也不能豁免，干吗我还要忧伤呢？这让我们感到既好笑又难过。好笑的是曹操自己知道人总有一死，即使像他的偶像周公、孔子这样的人也无法回避，但是他还是劝自己想开点，不要每天都怀着对死亡的忧伤与恐惧过活，故作豁达。难过的是越是伟大的生命，越需要自我证明，而一切证明都离不开时间这个概念。然而没有人能左右命运赋予的生命跨度。一个人可以狂，但是不可以妄。这说明日常的曹操的心路历程：曹操不相信人是可以永生的，虽然他也写过当时比较流行，乞求人长生不老的“游仙诗”。曹操时常有这种对于死亡的困惑，也试图不断地劝慰自己，故作豁达。

人生最大的焦虑与悲凉，莫过于此。越是伟大的事业，越需要时间；越是混乱的局面，越需要时间；越是艰难时世，越需要时间。一个注定不甘平庸的灵魂，必然有一生必须要赢一次的冲动，尤其是面对时间这个最无情的敌手的时候。这就是人生之悲。

但是曹操怎么处理这个不可逾越的矛盾的呢？

> 老骥伏枥，志在千里；烈士暮年，壮心不已。

这诗句的意思是，年老的千里马伏在马棚里，它的雄心壮志仍然是一日驰骋千里。有远大志向的人士即使到了晚年，奋发思进的雄心永远不会止息。曹操用“老马”自喻，首先表明了不服输的态度。他用这种方式不断地给自己打气。接着，他又说：

盈缩之期，不但在天；养怡之福，可得永年。

“盈缩”，指长短。“养怡”，指休养保全。

诗句的意思是，人的寿命长短，不只是由上天所决定的。只要自己保养得好，也可以益寿延年。

这是无奈中的应对之法，是困惑中的豁达之举。正因为如此，有人认为这是东汉第一首诗，因为他有真情，打破了经学的阴霾。（张铁明，《三曹诗歌选》）但是曹操真的这么豁达吗？我觉得并非如此。因为曹操对生命长度追求的目的是与别人不一样的。

碣石山的具体位置，大家可能不清楚，但是碣石山所处的地形很容易让我们想到一个故事——徐福东渡。史书记载：

齐人徐市等上书，言海中有三神山，名曰蓬莱、方丈、瀛洲，仙人居之。请得斋戒，与童男女求之。于是遣徐市发童男女数千人，入海求仙人。（《史记》）

当年，方士徐市（也就是徐福）向秦始皇讲述了海外仙山的故事。故事中的“长生不老药”引起了秦始皇极大的兴趣。结果，秦始皇派徐福带领三千童男童女，从秦皇岛出发东渡、寻觅仙山。这个故事还有下文，是中日历史中非常“暧昧”的一段。据说日本有个宫下家族，还保留着徐福的家谱。徐福的后人也发表文章说徐福东渡日本，繁衍子孙，由此诞生了福冈、福岛、福山、福田、福海等日本姓氏。但是，故事绝对不是美好的童话，数千童男童女即使是个概数，但也是数千个家庭。数千个家庭承受着生死别离之苦，更痛苦的是他们寻找的世间根本就没有的长生不老药。秦始皇为了自己永生，永享世间的富贵荣华，竟然付出了这么大的代价。

如果读了《观沧海》，我们发现曹操的志向的新内容，就是希望自己能够为了完成安定社稷、一统山河的志向活得更长一点儿。可以相信，一来他不会像秦始皇那样任性，二来他不是完全为了自己，而是为了他的那个关系到苍生命运的志向。

然而，谁都知道，苍天无法把握，即使是曹操那样的大人物也没有把握。这就是王夫之从中看出的悲情，一种英雄迟暮之悲。曹操已经五十三岁了，在古代这就是标准的“下寿”了，人在这时寿终正寝也属于正常。不仅北方有韩遂、马超，南方还有刘表、孙权等诸侯，一统天下的梦想还有些遥远，而上天留给曹操的时间却不多了!

曹操说道:

年之暮，奈何时过时来微?

“之”，就是到达的意思。“暮”，即傍晚，代指晚年。“微”，即少。诗句的意思是，人到了暮年，逝去的时间多了，而到来的时间越来越少了。

我们可以细细品味这两句话，不知不觉地就走到一年的尽头。回头看时，方知人生已是暮年。而岁月流逝，有往无复，有减无增。伤感之心，油然而生。虽说有人觉得自己有天大的本领，但那本领还是大不过天。人世间有各种不平等，但是在终点都是平等的。

一个常年征战于马背之上，看惯生死离别的人物也有了这种无助。而且志向越是清晰坚定越是痛苦。这两句话说得令人既难过又感佩。难过的是人不能胜天，满是无助；感佩的是这种努力与挣扎，为了天下苍生而必须的挣扎，一个人承受天下人的困惑。别忘了，《精列》本来是游仙诗，是宣扬长生不老的，结果在理智、清醒的人这里变成了对生命的慨叹。他的另一首游仙诗《秋胡行》深为日本人所推崇，诗里流露出的也是这种感情。

英雄气概与悲情交织，并不矛盾。这就是曹操的悲壮，也是曹操的伟大。

在公元207年这个时间节点上，对于有这样的志向以及这样的危机感的曹操而言，赤壁之战的到来只是时间问题。也就是说，当我们能够发现曹操在碣石的感悟之后，就明白他要面对的一个事实，那就是他必须南征了。如果当时孙权那边有人搞情报研究，看到曹操的这些诗就应该早做准备了。

因此，我们就有了期待，曹操在这样的困局中，通过什么方式去抓紧实现自己的志向呢？又会遇到什么样的挑战？

请看下一章：乱世能臣。

第五章 乱世能臣

对酒当歌，人生几何？譬如朝露，去日苦多……青青子衿，
悠悠我心。但为君故，沉吟至今。呦呦鹿鸣，食野之苹。我有嘉宾，
鼓瑟吹笙……契阔谈讌，心念旧恩。月明星稀，乌鹊南飞。
绕树三匝，何枝可依？山不厌高，海不厌深。周公吐哺，天下归心。

——曹操《短歌行》

通过前面两章内容，我们大概了解到曹操真是“三丰富”的高手，即丰富着我们的文学，丰富着历史，也丰富着我们的三观（即人生观、世界观、价值观）。但是我们也知道曹操的秘密：必然耗时多年才能实现的“救苍生，安社稷，定天下”的志向与他有限的生命构成了不可调和的矛盾。

曹操的年纪越来越大了。于是，我们就越来越关心一个问题：他怎样化解矛盾？又会遭遇什么样的挑战？

赤壁冤案

当然，对于曹操来讲，与上天争时间最快的不二选择是武力统一天下，抓紧打仗。写完《步出夏门行》的第二年，他就把荆州变成了前线。而且这是曹操自认为最接近实现理想的一次。

《三国演义》有一个热血桥段。赤壁之战开打之前的一个晚上，曹操喝高了。他检阅自己的队伍，想到自己半生纵横天下，荡尽诸侯的功业，再看看对岸的一片死寂的对手，在曹操心中，汉末中国这张拼图，已经马上要拼合完毕，不禁壮怀激烈，想一想都醉了。他对酒当歌，横槊赋诗（槊也就是古代的加强版的长矛），也就有了大家所熟悉《短歌行》。

这首《短歌行》非常具有创造性。

四言诗句多出现在《诗经》中，但后来四言诗就没落了，此时的曹操竟然变废为宝，写出固定的纯四言诗，这是四言诗的重生也是四言诗最后的告白；引用、化用《诗经》的原句是散文常用的写作手法（文中有“子曰”“诗云”等引用、化用内容），但曹操在诗歌中原样引用《诗经》，以文法入诗法，这么大胆而天衣无缝的“化用”是此前没见过的。前面说过，曹操的《薤露行》改造了三百年高龄的乐府。《短歌行》这首诗恐怕就更让人惊讶了，《短歌行》创造性地改进了一千三百年高龄的《诗经》。如此大手笔，曹操又是“第一人”。

不过，赤壁之战，曹操失败了。

他还留下一个让很多三国迷觉得煞风景的悬案：《短歌行》是赤壁之战时所作的吗？答案也关系到曹操解决人生矛盾的新方案的出台。

按《三国演义》作者罗贯中的说法，《短歌行》写在赤壁之战时，是应景的创作；应该写出一种志满意得的优越感，睥睨天下。估计赞同者居多，而且会马上拿出一个“命案”作证据。回到刚才那个桥段：当曹操即兴吟出《短歌行》，大家士气高涨的时刻，有人当头浇了一盆冷水。

> 大军相当之际，将士用命之时，丞相何故出此不吉之言？（《三国演义》第四十八回）

为何不吉利？因为曹操的诗里有“乌鹊南飞”“何枝可依”这样的句子。乌鹊这样的不吉利的动物，飞向南方，没有树枝可以停留，那不就是预示我们一无所获、大败而归吗？运势都跑到南方孙权那儿去了。气炸了的曹操一槊就杀死了说这话这个人（即当时的扬州刺史刘馥）。真是巧了，关于刘馥之死正史也只有这一句话：

建安十三年卒。(《三国志·刘司马梁张温贾传》)

赤壁之战失败了，刘馥确实死于公元208年，仿佛就坐实了《短歌行》就是写在赤壁之战时的论断。

但是，公元208年死了很多人，不一定都与曹操有关。当时刘馥在不在赤壁，他是否死在赤壁之战时于史无考。而且刘馥是《三国志》上记载的魏国六大刺史之一，他修建了城高墙厚。战具完备的合肥城，让孙权一辈子五次攻打合肥都无功而返，只能练练各种战术而已，给孙权留下终生阴影。如果这样的人物死于非命，史书不可能忽略细节。罗贯中利用历史空白编造的故事其实算不上证据。

不仅如此，这首《短歌行》写了什么呢？曹操写道：

对酒当歌，人生几何？譬如朝露，去日苦多。慨当以慷，忧思难忘。何以解忧？唯有杜康。

“几何”是多久、多少的意思。“杜康”，原本是指酿酒的祖师爷杜康，这里就代指酒。

意思是在说，一边饮酒，一边高歌，一边苦恼于人生短暂。人生短暂得像露水一样，而雪上加霜的是时光溜走得越来越多了。正当感慨万千的时候，难以忘怀心中的忧思，拿什么来化解这种忧愁苦恨呢？那就只能借酒浇愁了。

只要有了酒，“人生几何”就成了全人类的一个忧愁。没有时间，再伟大的事业也不能独立完成，写出了曹操对于时间的焦虑。人生苦短是多么痛的一种领悟！要是在赤壁那种势在必得的情形下，得意还来不及呢，有这样的忧伤实在是相当的不恰当、不协调，大煞风景。

所以，《短歌行》绝非赤壁之战时所作。

《短歌》之谜

那此诗写于何时呢？完成于赤壁之战后，准确地说，是公元210年最为恰当。当然这个结论有很多学者表示支持，也做了相关的历史考证。但我们认为《短歌行》提供的证据已经非常充分。

第一个证据，曹操推出了解决人生困境的新方案。为什么这么说？我们再看这首诗歌：

> 青青子衿，悠悠我心。但为君故，沉吟至今。呦呦鹿鸣，食野之苹。我有嘉宾，鼓瑟吹笙。

这几句诗，除了“但为君故，沉吟至今”，都是引用《诗经》中的诗句。

“青青子衿，悠悠我心”：出自《诗经·郑风·子衿》。“衿”，即古式的衣领（青衿，是周代读书人的衣着的标配，这里指代有学识的人）。这两句诗是写姑娘思念自己的情郎，但是在这里，曹操进行了改造，表达他渴望得到有才学的贤人的情感。诗句的意思是，那些贤人，你们真是牵动我的心，只是因为你们的缘故，我到现在还在低声的吟唱《诗经》，百般思慕。后四句诗出自《诗经·小雅·鹿鸣》。“呦呦”，即鹿叫的声音。“苹”，即艾蒿。

诗句的意思是，那些鸣唱的小鹿快乐地享用着原野上的艾蒿。如果你们这些贤人到我这里，我也会为你们鼓瑟吹笙，盛情款待你们，请你们畅享佳宴。

曹操不仅把情诗变成了对贤才的召唤，而且求贤若渴的曹操在此诗中也写出了为了贤才做好了一切准备。为何这是一个证据呢？曹操解决人生困境的新方案就是从先军政治转变为先才政治，优化内部资源以图将来。

电影《非诚勿扰》有句经典台词：公元二十一世纪最缺的是什么？人才。现在大家都把那这句话当笑话讲，但是公元三世纪的曹操可不是说笑，他是认真的。

经过了官渡之战、乌桓之战、赤壁之战等战役，曹操总结出了一个规律：人才才是胜败的关键。比如，官渡的许攸，乌桓之战的田畴、郭嘉，赤壁之战的周瑜、黄盖等人。哪怕赤壁之战有一些客观原因，比如瘟疫突然爆发，冬季习惯“隐身”的东南风突然“上线”……但是这绝对不影响结论：人才适时提出的一个决策就足以不走弯路而节约时间，胜过雄兵百万。

实现伟大的抱负，如果不能指望上天开恩多给点儿时间，那就转而争取人才，用才智换时间。这才是为何三国时代满布危险，一个三顾茅庐却让我们动情的缘故。而且，在他留下的二十首诗歌中，多次提及人才的问题，可见曹操对人才的渴望的程度之深。他认识到人才才是“硬通货”。

不过，曹操这时只是平定了半壁江山，理想还在路上，因为人才还在路上。他说道：

明明如月，何时可掇？忧从中来，不可断绝。越陌度阡，枉用相存。契阔谈讌，心念旧恩。

“掇”，即拾取，摘取。“枉用相存”，即屈驾来访。“存”，即问候，思念。“讌”：通“宴”。

诗的意思是，明月不可以摘下来，时光依旧流逝。一想到这些内心便充满了忧愁。不过幸好，像朗照的明月一样高悬的贤才还可能正穿梭在路上，请枉自屈驾来我里吧。大家一起欢饮，畅谈旧日友情。

这一段诗句饱含了曹操的内心活动，自我解忧，自我劝慰。同时，曹操表达了自信，也许下了诺言：

> 月明星稀，乌鹊南飞。绕树三匝，何枝可依？山不厌高，海不厌深。周公吐哺，天下归心。

“匝”，即周、圈。“山不厌高，海不厌深”：借用《管子》中的话，大概是只有学会包容吸纳才能有所成就的意思。“哺”，此处指口里的食物。

诗的意思是，人才呀，你是否像月明星稀之夜南飞的乌鹊择树而栖那样，反复选择着自己理想的主人？请大家来我这里吧，我会像大海不会放弃涓涓细流，高山不离弃一块土石一样来善待你们，而且我发誓一定会像周公那样礼贤下士，让我们一起做一番“天下归心”的大事业吧。

曹操在这里为何要特别提到周公？周公绝对是历史上重用人才方面的典范。周公就是周文王的儿子、周武王的弟弟姬旦，周武王英年早逝，弟弟周公承担起了辅佐侄子周成王的重任，自然成了周王朝最有权力的人。但根据《史记》记载，周公说他一天到晚都在拼。

> 我一沐三捉发，一饭三吐哺。(《史记·鲁周公世家》)

早上，洗完头发握在手里，准备梳理（古代男子也是长发），手下人进来报告说有人来访，他就得赶忙放下梳子迎上去；赶上饭时，刚把食物放进嘴里，手下人进来报告说有人来访，又得连忙吐掉嘴里的食物迎上去，有时匆忙中还穿错鞋子倒履相迎。

这周公忙成这个样子，接待谁呢？

人才。

周公不懂养生吗？不是。是因为一顿饭与一个人才相比，一个人的身体与国家的福祉相比，周公更看重后者。为人才，我周公随时待命。从他一天的生活中我们就能感受到他对人才深入灵魂的热爱。这样的周公，“天下归心”呀！曹操之所以使用了“周公吐哺”的典故，不仅表达了发自肺腑、如饥似渴的爱才心切之情，“不厌”也表达了他对人才从不挑剔的态度。但是，我们不难发现，曹操一直爱才，但是这种对人才的极度渴望必然是在武力争取时间的想法破灭之后，他的生命焦虑没有了短时间化解的可能性之后才凸显的。这是《短歌行》为赤壁战后所做的根据之一。史书的记载也验证了这一点所言非虚。曹操的用人才的标准，史书上记载道：

不拘微贱，随能任使，皆获其用。（《资治通鉴》）

曹操知人善用。这三句话中，“贱”“能”“用”三个字说明不论出身，只要有能力，都人尽其才。这简直就是人才最理想的工作环境。公元210年，曹操发布了著名的《求贤令》，明确说道，不计品行，哪怕欺兄盗嫂，只要有能力，便可“唯才是举”。在那个道德至上的年代，公开宣布这种“冒天下之大不韪”的求贤标准，突破底线，是需要勇气的。但是这首诗与《求贤令》内容、口径惊人地相似，这也是《短歌行》为赤壁战后尤其是公元 210 年前后所做的一个力证。

毋庸置疑，曹操需要的除了人才，还是人才。能看透这一点，并真切地执行，在历史上有几位这样的人呢？除了当年的周文王、后来的燕昭王，基本后面就是曹操了吧，因为重视人才这事，就是政客的口头禅，但是只有真的落实了，那才是政治家。当然，有一种例外，开头还是重视人才，后来“飞鸟尽，良弓藏”这样的，比如勾践，连政客都算不上，就是一个为了自己的权力无所不用其极的小人。

历史之憾

曹操转型的最大挑战是获得人才的难度非常之大，这也是曹操人才焦虑症的根源。为何这么说？

首先，曹操出身差。曹操这一辈子对四个字特别敏感，哪四个字呢？“赘阉遗丑”。这是袁绍的谋士陈琳为曹操量身定做的词，是辱骂曹操的专有名词。这让看惯生死的曹操都不能释怀。

公元 200 年，官渡之战爆发。获胜后的曹操生擒了袁绍的谋士陈琳，他俩之间有一番对话被载入史书：

> 卿昔为本初移书，但可罪状孤而已，恶恶止其身，何乃上及父祖耶？（《三国志》）

“本初”，即袁绍的字。

这句话的意思是，你当年替袁绍写战书给我的时候，骂我就可以了，数落罪过到我这就此打住好吗？你干吗连我父祖也带进去？曹家三代怎么得罪你了？（此处指的就是陈琳用的“赘阉遗丑”四个字）原来，曹家本姓夏侯，但是曹操的父亲曹嵩做了大宦官曹腾的养子，曹操自然也就改姓为曹了。作为宦官的曹腾，做了一些坏事，也做了一些好事，在宦官中，属于相对好的人，起码与士大夫的关系还算不错，这一点《后汉书》有记载。但是，只要做了宦官，那身份也就掉下来了，而在这时曹操的父亲做了曹腾的养子，麻烦就来了。改姓就意味着不再认祖归宗，这是大不孝；改姓做宦官养子，这是古代无路可走的极限了，宦官不能生育，宦官的后代曹操父子就相当于来路不明，可谓“孽种遗丑”。“赘阉遗丑”极其精准地表达了这两层意思。你看，这里曹操首先发问的就是这个问题。曹操很受伤，恨不得千刀万剐，陈琳。逼得陈琳也说了大实话：“箭在弦上，不得不发”。这句话的意思是说，我也没有办法呀，不得不骂。

这也许是历史上非常具有幽默感也具有杀机的对话了，但足以说明曹操的出身低贱，没有刘备皇叔那样的金字招牌。在讲出身名望的时代，曹操先天不足，所以有挑战。

但是最大的麻烦是人们对他动机的判断：他到底是不是想篡汉？

也就是说，曹操遭遇了信任危机。“篡汉”是曹操一切恶名的最大来源。今天来看“篡汉论”是荒诞不经的。天下不是“一家一姓”的，有能者居之，贡献大者共治之，唯才是举，不能看血统，更不能看血缘。从这个角度上讲，曹操无论从哪个角度即使接过刘家的枪也在情理之中。今天还怀抱着对曹操“篡汉”态度的人来看曹操，其实也不是很公允。如果曹操是篡汉，那么汉朝的天下又是怎么来的呢，难道不是篡秦？如果大家都报定了一家一姓的思维，那国家还有什么前途？社会如何进步？

或者，有人会说，即使按照非“一家一姓”的思维，总得爱国吧，这一折腾，还爱不爱国？但是也不能说曹操不爱刘家的皇帝了，就是不爱这个国家了，不爱这个民族了。每个站到历史上的人物，在那样的位置上，没有对国家形成一点儿影响，没留下一些痕迹是不可能的。

当然，在“正统”观非常严重的那个时代，大家是想不通的。后来荀彧等人都是死在这件事上。人才择主的时候，他得考量一下这个问题。这就是诸葛亮和曹操永远成不了最佳拍档的原因。

曹操的压力山大。比如，刘邦当年的名声也不怎么样，年轻时刘邦担任秦国的亭长（相当于村治安主任之类的官职），曾到咸阳出差，正好碰上秦始皇出巡的仪仗队，看着那威风八面、气冲霄汉的帝王之相，他情不自禁地说：“大丈夫生当如此！”羡慕得口水都流下来了。但是他在故乡唱出《大风歌》的时候，理想已经实现了，也不流口水了。虽然《大风歌》不如《短歌行》，但比《短歌行》霸气得多，刘邦喝着酒，看着乡亲们仰慕的表情，唱着“大风起兮尘飞扬，威加海内兮归故乡，安得猛士兮守四方？”这几句诗表面写得有点儿谦虚，实际上，一身的傲气。那诗句就是在说，老子夺得了天下，今天衣锦还乡，有谁来替我看守家业？

但是曹操不那样，曹操的梦想还在路上。在这条路上，最大的拦路虎就是他背负着“篡汉”的恶名。

《短歌》明志

曹操是怎么解释这个问题的呢？怎么做的呢？

那时候没有新闻发布会，曹操只能用一首《短歌行》来表达，用比国君握有更大实力但都没有取而代之的周文王、齐桓公、晋文公三人来做说明。

讲到周文王，他诗写道：

> 周西伯昌，怀此圣德。三分天下，而有其二。修奉贡献，臣节不隆。崇侯谗之，是以拘系。

“周西伯昌”，就是周文王姬昌，他生前受封为商纣王的西伯侯，与九侯、鄂侯并为三大诸侯。“崇侯”，就是崇侯虎。周文王姬昌具有神智和美德。殷朝土地分为三份，他就有其中两份。整治贡品来进奉，不失臣子的职责。只因为崇侯进谗言，而受冤拘禁在羑里城。

这就是“姬昌被困羑里城”的故事。怎么回事呢？就是因为一声叹息。

司马迁的《史记》说，商纣有一种癖好：在宫廷里建立了酒池肉林，而且令青年男女在里面裸奔嬉戏。先不论这说法有没有水分，但是商纣生活无底线的事实则不必怀疑。麻烦在于九侯女儿被选为商纣的妃子，就因为看不惯纣王的这种生活作风，挺高兴的一件事引发了一连串的悲剧。先是商纣一怒之下把她给杀了，而且他怕九侯报复，干脆把九侯也杀死了，用的是俎醢之刑（也就是把人剁成碎肉），非常残忍。这让耿直的鄂侯看不下去了，他公开为九侯抱不平。结果是鄂侯不仅被杀，还按照商纣最喜欢的方式做成了肉饼，赐给下臣享用。一瞬间，三侯就只有姬昌了，他听到了其他两位的遭遇。史书记载道：

> 西伯昌闻之，窃叹。崇侯虎知之，以告纣，纣囚西伯羑里。（《史记·殷本纪》）

就在这个时候，可能就是几个侯爷参加了一个饭局。结果，姬昌的一声不易察觉的叹息竟然被历史上有文字记载以来“告密第一人”——崇侯虎揭发了，上报给了商纣。本来就树大招风，再赶上这么一个特殊的节点，站错了队等同于谋反。姬昌命悬一线。若不是姬昌平时言行谨慎，还有别的大臣力保，当时也就成了肉饼分到大臣们的手上了。结果纣王还算客气地把姬昌监禁在羑里城。

那么，曹操为何用周文王的典故？因为这个典故起码可以直接传达两层意思：第一，当今时代，我就是与周王文当年的地位相似，树大招风；第二，治世安民，默默地做贡献，但是成了我遭受非议的根源。言外之意是，我委屈，我害怕，我不服。

这么幽怨的曹操会怎么做呢？他说道：

> 后见赦原，赐之斧钺，得使征伐。为仲尼所称，达及德行，犹奉事殷，论叙其美。

“赦原”，也就是原谅、放过的意思。看过《封神演义》的人都知道，西岐费了好大的力气，送了好多财宝、美女，甚至还搭上了姬昌的儿子伯邑考的命，才让商纣把姬昌放出来。“斧钺”，即古代的兵器，这里指象征着征伐大权的仪仗。“仲尼”，就是孔子。“殷”，代指商纣或者商朝。

这句话的意思是说，（姬昌）后来被赦免，受赐斧钺征伐的权利。他被孔子称赞，品德高尚、地位显赫，始终臣服殷朝帝王，美名后世流芳。委屈比天大，忠心比石坚，受王恩，敬王事。这就是周文王，也是我曹操的态度了。

思辨俗论

曹操不想称帝。我们能相信曹操吗？曹操说道：

> 若天命在吾，吾为周文王矣。(《魏氏春秋》)

很多人都拿这句话来攻击、验证曹操的野心与虚伪。因为周文王自己没有做天子，但他儿子周武王做了天子。

司马光就曾经不无讽刺地说道：

> 乃至没身不敢废汉而自立，岂其志不欲哉？犹畏名义而自抑也。(《资治通鉴》)

司马光的意思是曹操不称帝，完全是因为担心名誉而自我压抑。这话我们是有疑问的：第一，从逻辑上讲，难道一个尚有廉耻的人比一个毫无廉耻的人更值得去骂？有这种“廉耻之心”难道反而成了一种错误？难道说做了天子的曹操比不做天子的曹操更让人尊敬吗？第二，“畏名义”是不是恰恰说明他自己首先是相信名与义的，不然害怕什么？曹操最终没有成为天子，难道不也是说明至少心中还有天子吗？所以，我们认为年轻时的曹操绝无称帝的想法，“卞水之战”就是证据，如果想称帝，就该像袁绍一样保存实力，哪有拼死一搏的道理？

当然，为了说明很多人的逻辑还存在漏洞，我们假设：汉献帝落在刘备手里会怎样呢？可能生存还是毁灭都是个问题。

这一点，历史学家王夫之曾经说过这样一段话。大意就是，曹丕称帝后，对于刘姓子孙来讲，这就是亡国之恨，和曹家的仇恨那就是不共戴天之仇。凡是有点儿血性的，那就豁出性命也得争口气。

王夫之调动了它的历史积淀，想到了前秦宣照皇帝苻坚的族孙苻登。当公元383年苻坚讨伐东晋失败后，战前怀着各种不轨之心的那些异姓大臣，诸如慕容家族，便开始了自己的复国运动。结果从一盘散沙中建立起来的前秦又成了一盘散沙，分崩离析。

结果，皇帝苻坚的族孙苻登接过了重振前秦的大旗，最后手里的兵马扳着手指头都数得过来了，还不忘为国复仇的大业，要与那些夺去了社稷的"贼臣"一战，结局相当壮烈。可是，当曹丕称帝后，汉献帝不得不禅让。汉家的国祚就这样被侵夺的时候，比苻登家业大多了的刘备，按道理就应起兵讨伐曹魏，别忘了刘备不仅仅是汉室的子孙，而且他自己在成都称帝，也是打着复兴汉祚的旗号，可是为何就不肯对曹魏动一兵一卒呢？更要命的是，刘备称帝后马上为关羽报私仇，倾全国之力跟孙权拼命，宁可两败俱伤呢？难道关羽比汉家的社稷还重要吗？对此王夫之百思不得其解。

后来，王夫之抽丝剥茧，才理清个中缘由：

> 岂祖宗百世之雠，不敌一将之私忿乎？先主之志见矣，乘时以自王而已矣。(《读通鉴论》)

王夫之思考了好久后得出了结论，刘备只不过是打着振兴汉朝的口号趁着动乱称帝罢了，一切还是为了他自己。如果汉献帝落到这样贪恋权力还无所不用其极的刘备手里，恐怕保全生命都是个问题，毕竟当年他去成都的时候，"抢"了同亲的位子，还给人一种"都是他们逼我"的假相，那就是虚伪无情。

反过来，汉献帝在许都的日子里，曹操实现了北方的复兴。东汉末年从未有过的繁荣与安定，刘备在成都干什么呢？除了抢地盘，还是抢地盘，自家人的要抢，别人家的也要抢，抢不过来就骗，起码就是为了荆州，刘备在鲁肃面前哭得跟死了爹娘似的。

所以，不能随随便便地就认定或者否认曹操是虚伪的。我们的观点是年轻的曹操，没有篡汉的野心；年老的曹操可能有，但被他自己压制了。因为司马光之问倒逼出另一个事实来：曹操自己也是对“正统”深信不疑的。曹操实际上是最有“皇帝缘”的人，曾破天荒地赶上连续三年三次有参加皇帝废立：公元188年，冀州刺史王芬等谋废无道至极的汉灵帝，与曹操商量，曹操不同意；公元189年，董卓曾经用了很大的权力来拉拢曹操没有成功，因为董卓谋废汉少帝刘宏；公元190年，袁绍又想立刘虞为帝，曹操依然坚决反对。尤其是这一次，竟然不惜与袁绍割袍断义。史书这样记载：

> 袁绍与韩馥谋立幽州牧刘虞为帝，太祖拒之。（《三国志·魏志·武帝本纪》）

读过历史的人都知道他两人青年时代为追求正义历经患难，私人感情也不错；曹操能有最后的辉煌，离不开袁绍最初对他最坚决的支持。但是两人决裂了。曹操为何反应这么强烈？虽然袁绍拉曹操入伙，利益分沾，这也算“合资”了。但一旦袁绍另立了皇帝，被董卓握在手里的汉献帝的价值就不大了，这位汉灵帝的皇子就会处境危险；先皇的亲生儿子还在的时候，立诸侯之子，这是曹操万难接受的。更何况，我前面说过汉朝的皇子本来存活下来就是一个极低概率的事件，曹操自然知道这些，曹操愤然道：

> 诸君北面，我自西向。（《魏书》）

这句话的意思是说，汉献帝在西面的长安，我遵从汉献帝。我们道不同不相与谋，分手吧。这三件事都说明一个问题：曹操对汉王朝的感情，他自身的正统观念实在是不需要别人强加给他的。也正是因为这件事情，曹操与袁绍开始走向不同的道路，两个发小从此成为敌人。虽然若干年后，曹操来到袁绍的墓前，洒泪祭奠这位曾经的密友，但是也绝对不是因为他们有共同的理想，有可能是一场虚伪的悼念，也可能是一场有些真实感情的怀旧。但是，总而言之，再也回不到从前。

那么，曹操又如何解释"挟天子以令诸侯"这件事呢？他的《短歌行》给出了一个鲜明对比：齐桓公与晋文公。齐桓公，也就是公子姜小白。《短歌行》写道：

一匡天下，不以兵车。正而不谲，其德传称。

"谲"，即欺诈。

诗句的意思是，他多次召集诸侯开会，拥护周天子，匡扶周王朝，而且主张不依赖暴力。他志虑忠纯不欺骗，美德被传唱到今天。这就是学习齐桓好榜样。

那么，相比之下，另一位霸主晋文公怎么做的呢？曹操说道：

河阳之会，诈称周王，是其名纷葩。

"河阳之会"：河阳就在今天的河南孟阳。河阳之会就是历史上著名的践土之会，晋文公在这次诸侯会盟大会上正式成为霸主，也是周天子第一次听从诸侯的命令与会。"纷葩"，本来是花开的多样，这里代指议论纷纷。这里的意思是晋文公召集的河阳之会，诈称是周王的命令，因此被大家议论纷纷。想成为霸主，首先能把诸侯召集在一起，还得得到天子亲临或派代表现场祝贺赏赐。只有这两个条件具备了，这个霸主的名号才合法。但是晋文公却为难了，两个条件他都做不到，难道在无人到场的情况下宣布自己成为霸主，这不是天大的笑话吗?

那么，为了完成自己霸主的基业，他使用了一个诡计。结果，晋文公一方面派人请周天子在到河阳游玩巡狩（也就是出巡），他说诸侯想在晋国辖地朝见天子，大家想死您了。这话软中有硬。另一方面他告诉诸侯，天子召集大家去河阳述职(即朝见天子)，违令者晋国将代行天威。

结果在河阳君臣相见，晋文公称霸的事也就生米煮成了熟饭。换句话说，春秋五霸中晋文公的霸主是骗来的。晋文公这种“挟天子以令诸侯”的做法被孔子批评为“谲而不正”。曹操在这里的表态：我绝对不能像晋文公那样。天子是在我这里，但是我不能像晋文公那样“挟天子以令诸侯”来留下骂名。曹操提醒自己注意界限与分寸。

从这一点上看，也不枉他这一番解释，与公元217年发布的《让县自明本志令》遥相呼应。所以，这两首《短歌行》昭示曹操为了完成理想，克服时间焦虑症而做的转变，也昭示出人才为先的转变路上种种的挑战与困惑。

建安二十五年(公元220年)，曹操病逝。大汉帝国随之画上了句号。大家怎么评价“外定武功，内兴文学”的曹操呢?所谓的“治世之能臣，乱世之奸雄”，也就是说，曹操绝对是一个投机分子，和平时代为臣子，乱世必有野心。但是，史官怎么看待一生都在被误解、受争议的一代政治家曹操呢?史书写道:

君清平之奸贼，乱世之英雄。(《后汉书·许邵传》)

这是史家记录的时人的评价，意思跟人们常识中的那两句评价截然相反，它肯定了曹操即使在乱世也有为人臣的那一份心。史书说，曹操生前听到这两句评价非常开心。

不过，新的问题又来了：这样的一位父亲，他的儿子们是否争气？

请看下一章：造化弄人。

第六章　造化弄人

观兵临江水，水流何汤汤。戈矛成山林，玄甲耀日光。
猛将怀暴怒，胆气正纵横。谁云江水广，一苇可以航。
不战屈敌虏，戢兵称贤良……兴农淮泗间，筑室都徐方。
量宜运权略，六军成悦康。岂如东山诗，悠悠多忧伤。

——曹丕《广陵观兵》

前面几章我们都在谈曹操，从史书对于曹操的记载和描述中，我们可以看出，曹操虽然没有达到古代圣贤明君的道德标准，但其在中国文学史上的地位以及军事、政治方面的贡献，是值得赞颂的。

建安二十五年（公元220年），曹操病逝。就在这一年，曹丕经过多年的经营，在帝师司马懿等人的辅助下，终于战胜胞弟曹植，顺利接过曹操的枪，而且比曹操走得远。与汉献帝做了史上少有的和平交接——禅让，曹丕登基称帝，两汉四百多年的历史就此打住。这次交接没流太多的血，没有太多的战火，没有太多的暴力，有的仅仅是一次成功，当然也有“虚伪”的大典；原来的皇帝又安安稳稳地做了很多年的山阳公，成为东汉第二高寿的皇帝。东汉的臣子可以根据自己的意愿去留。

在这里，我们不得不说，曹家为后世做了一个非常有意义的交接政权的示范。在中国历史上，每一次权力的交接都伴随着流血、牺牲等悲剧，每一次改朝换代，就会全国一片新坟，人口下降速度“爆表”。在同一个朝代，甚至每一次皇帝登基，一个朝廷半数新人，有谁听得旧人哭？

之所以认识不到伟大，不是因为事情本身不伟大，或许是因为我们过于短浅。

另外，如果不是死抱着“一家一姓”的观念，只从国家观念、民族观念出发，而不是从某一群人的角度出发，这样的改朝换代未为不可；相比很多改朝换代，都是用老百姓的尸骨去堆成龙椅，这样的换代还真是历史的一个进步。后来，司马家族取代曹家，建立西晋，也是用这样的方式，百姓没有受苦，即使是在司马家族还杀了很多曹家人的情况下。

曹丕夺嫡成功，逼迫汉献帝下野，而后称帝。不过，曹丕这条称帝之路为后人所提及，并不是歌颂，更多的是负面的评价。多少有些不公平。即使看到这一点，人们还是可以找到更多的理由证明曹丕的不堪，那么，曹丕是不是像大家理解的那样不堪呢？按照惯例，我们还是从他的诗歌开始说起。

曹丕创造了文学史上的若干的第一。这一点，或许很多人并不清楚，我们将从这个角度来说说。比如，我国文学史上第一首完整的七言诗《燕歌行》，我国文学史上第一部文学理论著作《典论·论文》都是曹丕在文学上取得的成就。

从诗歌角度来看，他是一位复杂而又另类的皇帝。

少年英雄

在我们大多数人的印象中，曹丕是特别不堪的，但其实他并不像人们认为的那样。

曹丕从一出生就跟我们普通人不一样。《三国志》记载了他的出生。据说曹丕刚出生时候，有青色的云气像车盖一样笼罩在曹丕的身上。大家知道，这也就是古人所讲的祥瑞之说，也就是说，凡是历史上了不起的人物，要么他们的出生过程和一般人的不一样，要么骨骼清奇，天赋异禀。曹丕的祥瑞之象，不但有祥瑞之气，而且这种青气终日环绕不散，以至于“望气者以为至贵之征，非人臣之气”。也就是说，那些看相的人觉得这个孩子真的不简单，他做贵族是肯定的，做到比人臣更大也有可能。能比人臣更大，其实我们就很清楚了，这是在委婉地说曹丕有帝王之相。这就是曹丕出生时的状貌，也是史书写帝王的一个半真半假的套路。

关于曹丕的出生，我们在看《魏书》的时候还要注意：这位皇帝不但有上天的托命，更重要的是，他八岁的时候“能属文，有异才，遂贯通古今经传诸子百家之书”。这是古人对曹丕的评价。说明曹丕一生下来就具有文人气质的帝王气象，确是文武兼备，既有出众的才华又有强健的体魄。这似乎与我们的体育好的多半是“头脑简单”，学习好的体育方面又不擅长的“认识”不同。原来，曹丕是全面发展的好学生。

可能，很多人对此表示怀疑。我们不妨用一个事例来证明。

曹丕讲过一个《虎口脱险》的故事。这个故事也就告诉大家作为军旅之人的曹丕是完全有信心、勇气和实力作为三军统帅的。

《三国演义》中记载过一个先投降后又反曹操的军阀张绣。虽然小说给予张绣不多的笔墨，但他确是一个很令人头疼的人物。在曹操早期的对手中，这个出尔反尔的张绣就已经很难对付，又加上他的一个拍档贾诩（也就是后来归附了曹操的大谋士贾诩。汉末大乱与之不无关系：是贾诩把董卓引到长安并建议其建立军阀制度的。由此，东汉开启了军阀割据的局面）就更是令人捉襟见肘。出尔反尔的张绣、老谋深算的贾诩的这个组合，可让曹操吃到了苦头。曹操在平定时差点儿血本无归，不但队伍被打散，而且他的儿子曹昂与侄子曹安民主动殿后，当场战死，他所欣赏的另一个儿子曹丕则彻底失联。

后来，曹丕回忆起这件事情的时候，说道：

时余年十岁，乘马得脱。（《典论》）

大家注意了。看上去曹操是个疯狂的父亲，他竟然敢把自己十岁左右（相当于小学三年级）的儿子直接带到战场上。不过，也是对这个六七岁就已经学会射箭的天赋异常的儿子曹丕的一种认可。战争打得如此惨烈，就是成人也相当震惊。按理说，这种情况下，孩子生还根本是不可能的。然而，令人意想不到的是，少年曹丕居然能够单枪匹马地杀将出来，汗透甲胄，血染征袍。到今天，这仍是个充满传奇色彩的事件，我们终究猜不到曹丕如何实现这一切的。这个冒险的经历不但没有吓唬住曹丕，反而成为他的荣耀。

毋庸置疑，曹丕是少年英雄。

也正因为如此，曹丕很特别。曹丕七岁就已学会了射箭和写诗，也许这就是注定了他的一生必会用这四个字来概括：武质文心。也就是说，虽然，曹丕战绩平平，但他在战略上是远见卓识，是很有天赋的，是其他帝王所少有的，这就是武质；曹丕受益于战争，却又对战争保持着理性与克制，有一种文人固有的慈悲与良知，这就是文心。他不仅仅是君王，也不仅仅是文人，他是文人皇帝。因而，我们在评价曹丕这个人物的时候，还需要注意从“武质文心”两个方面来审视，体会他传奇的一生。

广陵观兵

曹丕在《与王朗书》中说道：

人生有七尺之形，死为一棺之土。唯立德扬名，可以不朽；

其次莫如著篇籍。

“立德”太难，那就“扬名”。

公元 225 年，曹丕御驾亲征来到了广陵（广陵，即今江苏扬州。当时，广陵地区为曹魏与东吴争夺之地）。此次的广陵阅兵是曹魏南下的战略跳板，是摆在东吴面前的一把尖刀。所以，曹丕集结重兵于扬州，准备渡江与孙权决一胜负。他在马上一挥而就，写下了著名的《广陵观兵》（即《至广陵于马上作》）。这首诗揭示了他的第一个另类的地方：他心系军旅却战绩平平；战绩平平中却又异乎寻常地高瞻远瞩。也就是说，他的军事战略思想实属一流。诗作《广陵观兵》开篇如是写道：

观兵临江水，水流何汤汤。戈矛成山林，玄甲耀日光。

“汤汤”，就是河水奔流的意思。

这几句诗是说，（曹丕）来到长江边上检阅军队，看见旁边河水奔流，再看自己的部队，矛戈远望就像山林一样，黑色的铠甲闪耀着夺目的光辉。

这是曹丕率领的帝国军队。这次阅兵就是在向孙权展示军事实力和必胜的信心。阅兵是古代皇帝常用的一种军事战略，有的是在向对手展示实力，有的是昭告天下自己掌握了军权、政权。曹丕的这次阅兵就是针对敌方，并昭示其平生夙愿。但是，曹魏对其军事实力并非信心十足，或许要归咎于建安十三年（公元 208 年）那场赤壁之战的失利吧。建立帝国之后的曹魏，要想守住帝国的千秋伟业也不得不通过军事和武力。曹丕深知这个道理。那么，曹丕能否带领帝国之军赢取胜利？

曹丕还是很自信的，而且他对军事荣誉极其渴望，这是他的经历也是记忆的一部分。在回忆中，曹丕曾说，在他五岁的时候，天下大乱。

他的父亲鉴于世间纷扰，教他及他的兄弟射箭以强身健体。他六岁时候，就可以将箭射准，虽然还没达到百步穿杨的水平。八岁的时候，还没有马肚子那么高的曹丕就可以驾驭马匹纵横驰骋了。也因此，曹操愿意将其带到身边带到战场上……

我们可以看到，曹丕对战场有相当深厚的感情。继曹操后，令人吊诡的是，曹丕也是那样一位疯狂的父亲。多年后，曹丕不仅没有把当年战场上险些遇难之事当作一个教训，而且视其为一种荣耀、一个习惯继承下来。公元219年，曹丕即位（需要强调的是，即位仅是继承魏王之位，尚未称帝）后，曹丕帅军东征孙权。在东征孙权的大军中，竟然还有曹丕十几岁的儿子曹叡（曹叡，即后来的魏明帝）以及十岁的女儿东乡公主。

回到军队中的曹丕就像一条回到水里的鱼一样，立刻就恢复了生机。正因为曹丕对军队的深挚的感情，我们更能理解曹丕写下名篇《广陵观兵》，更能理解“观兵临江水，水流何汤汤。戈矛成山林，玄甲耀日光”的丰沛与饱满。

与历史上那些被动上战场的皇帝相比，曹丕真是大英雄。读过宋史的朋友们应该了解“檀渊之盟”。宋仁宗皇帝在辽国军队入侵，宋朝大臣寇准力劝皇帝御驾亲征的时候，犹豫不决。虽然最后出现在了战场上，出现在了檀渊城楼之上，宋军将士为之振奋，数十里内响彻“万岁”，辽国为此震惊后退三十里；虽然，大宋最终赢得了这场战争的胜利，但是我们不得不承认一个事实，宋仁宗是被寇准等大臣半强行地“架到”战场上去的，他心里说：这群白眼狼，这是让我急着给太子让位子呢吧？看我回去怎么收拾你们！与曹丕不同，宋仁宗是另一种应战态度。

由此，我们也可以看到，在这方面，曹丕是后世的君主难以比拟的。

胆气纵横

再来看广陵大阅兵。与以往不同，这次阅兵所肩负的使命不太一样。此次阅兵是曹丕称帝后的第一场大阅兵，因而他想以此来证明自己的雄才大略。那么，为什么要证明自己呢？我们要从曹操的跌宕起伏的军旅生涯说起。

从公元 200 年到公元 208 年，在这短短的八年间，经历了影响其一生的三场大型战役：第一场在官渡的战役（公元 200 年），荡平了袁绍，平定了北方。这场战役是曹丕崛起之作。第二场战役（公元 207 年）远征乌桓，平定了边境地区，夺取了乌桓的主力精兵。这场战役使曹丕势力得到极大的壮大。第三场战役（公元 208 年）在赤壁八十万大军（据统计，约为二十万），由于战略失误（适合陆战的北方却选用了水战的方式，致使失利）以及天降瘟疫，曹操错失统一天下的良机。尽管，三次战役并未全胜，但能够经历这样大规模的战役也是自己实力的证明，也足以载入史册。

但是曹丕呢？似乎曹丕感觉更多的是羞愧。就拿与曹丕有“不解之缘”的东吴为例，曹丕一生讨伐东吴，却频频“交白卷”。

第一次与东吴交战，人事不足，曹丕错过时机。远征东吴失败的第二年（公元 221 年），蜀汉和东吴发生了激烈的军事冲突。关羽败走麦城，被吕蒙设计杀害。刘备为关羽报仇，倾全蜀之力讨伐孙权。此时正是曹魏洗雪前耻的机会，但是因为孙权怕曹魏再趁火打劫，决定对曹魏俯首称臣，避免双线作战、腹背受敌。对于国家而言，没有永恒的友谊，没有永恒的敌人，只有永恒的利益关系。对于势力强大的曹魏而言，笼络东吴攻击蜀汉，或是笼络蜀汉攻击东吴，或是等东吴与蜀汉决斗后消灭二者取胜的一方，都是明智之举，但是曹丕一心想坐收渔翁之利，采取保守策略，静观其变。出乎意料的是，东吴和蜀汉并没有因为对战而消亡，而是重归旧好，继续着联盟的友军关系。当曹丕意识到先前的策略不妥，决定出兵讨伐东吴，已经为时晚矣，人家和蜀汉又成了哥们儿。这是人事不足。

第二次与东吴交战，天意如此，曹丕败走。公元222年，曹丕远征东吴。这次远征很顺利。曹丕的军队击败孙盛、大破吕范、火烧诸葛瑾等东吴大将，几乎攻下东吴重镇江陵。孙权走投无路，只能临江拒守。眼看胜利在望，一雪赤壁之耻的时候就要到了。可万万没想到，赤壁之战的阴影重现：突遇瘟疫。曹丕的父亲曹操在打赤壁之战时也因遭遇瘟疫而失利，信心满满的曹丕不信邪。可是，历史就这样重演着；人生经验丰富一点儿的孙权又借坡下驴，乘机重新遣使纳贡，曹丕哑巴吃黄连，无奈之下双方言和，全线退兵，把胜利果实拱手相让。这是天不作美。

所以，这次再没有斩获，就有成为军事史上反面教材的风险了，就是后世军事段子手的首选的对象了。曹丕不甘心如此，便兴兵南征，阅兵广陵，期待一战结束乱局。他曾这样说道：

猛将怀暴怒，胆气正纵横。谁云江水广，一苇可以航。

这几句话说得很清楚，猛将怀有暴怒之心，同仇敌忾的胆气正盛，纵使江水浩渺，我们已可以轻而易举地渡过，踏平江东。自然地，所谓的猛将怀有暴怒之心，其实不如恰切地表达为自己的心境。如果写到这里诗歌就终止了，也许这首诗歌与一般的出征诗没有什么不同，就是一个皇帝版的布告而已。而且，这次除了留下这首诗，还有《饮马长城窟行》（记叙军队的盛况）。《饮马长城窟行》与这首诗歌的前半部分区别不大。比如，《饮马长城窟行》写道：

浮舟横大江，讨彼犯荆虏。武将齐贯錍，征人伐金鼓。长戟十万队，幽冀百石弩。发机若雷电，一发连四五。

这首诗比《广陵观兵》更霸气，此战势在必得！但就是《广陵观兵》后半部分证明了曹丕是个另类的皇帝。曹丕另类在哪里呢？

不战屈敌

曹丕另类在哪里呢？按照一般的思路，打仗打到现在这种程度，干脆荡平江南。但曹丕却说道：

不战屈敌虏，戢兵称贤良。

这两句话和前文的意思有些断裂，令人惊奇。这两句的意思是，不经过战争就使敌人屈服。这是领兵的最高境界。虽然，这个句子并不新奇，只不过是《孙子兵法》说的“不战而屈人之兵，善之善者也”的一个演绎。通俗一点儿解释，就是不通过武力就能使敌人屈服。这是战争的上上策。

在古代，“不战而屈人之兵”这样的战役还是不少的。春秋时期，晋文公平定原这个地方，就是以“不战而屈人之兵”获胜的。晋文公和原人约定几天打不下原就会无条件撤兵。几日后，晋文公仍然没攻打下原，晋文公的手下建议再多攻打一天，再有一天就可能拿下了。但是晋文公并没有同意，他说："我们既然答应了对方，就要信守承诺。"万万没想到，晋文公的军队正准备撤退的时候，原人屈服了，因为他们相信一个信守承诺的君主一定不会亏待投降的原人的。晋文公因为遵循道德的操守和信誉，不用武力就把原地夺了下来。就像比武的两人，相互残害显得很低端。应战的双方中的一方以其深厚的内力和威德震慑对手，尚未对抗就已经令对手俯首称臣，那才是高明的兵法计策。那些通过惨烈的斗争才取得的胜利并不是兵法上的高级策略。

明明说好了横扫敌手，怎么又反悔了呢？要知道，这句话说出来太难了。当手握着最强大的军队，握有压倒性的优势，选项有很多而且都上了保险，尤其一位从战火中成长起来的皇帝的时候，要说出这样的话那就太难了。好多人看了几十年《哆啦A梦》，你见过胖虎主动对大雄"不战而屈人之兵"吗？当时的东吴与曹魏不就相当于大雄面对一个胖虎吗？难道是曹丕对战争的深思熟虑？

曹丕曾解释说：

> 古公宅岐邑，实始剪殷商。孟献营虎牢，郑人惧稽颡。充国务耕殖，先零自破亡。

这诗句运用了三个典故，已经把中国古代历史上三个重要事件呈现了出来。"古公宅岐邑，实始剪殷商"，这句是说，周文王的祖父古公亶父是因为少数民族的犬戎（犬戎，西北方少数民族，很早时期就已活跃在西北边境一带。我们知道，西周的败亡是烽火戏诸侯，但实际与犬戎的势力过于强大不无关系）的骚扰而举族搬迁到岐山定居，从而为一步步地蚕食殷商成就伟业奠定了基础。"孟献营虎牢，郑人惧稽颡"是讲春秋时鲁国大夫孟献子献计经营修建虎牢关，以扼住郑国的咽喉，结果迫使拒不谈和的郑国屈服。“充国务耕殖，先零自破亡”讲的是，西汉名将赵充国面对来势凶猛的羌族叛军（先零，即羌族的一支）——先零部落，认真耕作，最终敌人不攻自破。

我们可以看到，诗中引用的这三个典故都是古代“不战而屈人之兵”的典范。真正的智慧不在于征伐，不在于厮杀，真正的智慧在于运用平和的态度，协调各方的利益，使达到和谐的状态。“不战而屈人之兵”的本质在于无兵。那么，曹丕说“不战而屈人之兵”的例子目的何在?

考虑到有些问题不能马上解决，所以武力不是解决问题的最佳选择。能否通过非武力的方式来实现天下大一统呢？考虑到当时曹魏的现实情况，这里面最好的证据就是赵充国“妙计定先零”。

公元前61年，汉军得知了一条重要情报：先零与其他诸羌部落的酋长两百余人尽弃前嫌，互换人质，歃血为盟。两百多个酋长握手言和。不知道大家听到这样的消息会有什么反应，但是对始终都与外民族斗争的西汉政府来讲，两百个酋长，也就是两百多个部落要有活动了。对手突然、彻底结盟就意味着战争将至，老百姓又要倒霉了，民族仇恨面前很难有慈悲。看看我们的西北，读过历史的就知道我说这话的原因了。

而且结盟表明战争程序已经启动，而且对手只有西汉政府一家。在历史上，西汉政府疲于奔命，和匈奴、羌族打仗。这也是汉民族的血泪史。没有一场战争是不死人的，也不是所有的战争都以胜利为结束。换言之，每一次的封赏都意味着汉家男儿长眠于大汉或异域的国土上。在这种时刻，我们都希望看到政府来解忧、疏难，可是西汉政府却令人失望，不但没有任何积极的作为，反而在添乱、拉仇恨。安抚羌族的一位西汉官员在巡视时，没控制好个人情绪，汲取了汉政府陈汤的“犯强汉者，虽远必诛”暴力情绪，杀了三十余位先零的头领。就这么一个失误，便把西汉政府多年来的努力葬送了，旧仇又添新恨。先零与其他羌族部落或怀着恐惧，或怀着不满，就这样与西汉政府开战了。

雪上加霜的是，军中没有了卫青、霍去病那样的良将，只有暴躁短浅的“猪队友”。整个朝廷都无可奈何。正在这时，一位当年跟随霍去病建立战功，守护了三位皇帝的老将赵充国站了出来。

这位将军最热血的履历中有很特别的一条：

> 武帝亲视其创，嗟叹之，拜为中郎，迁连骑将军长史。（《汉书·赵充国传》）

在历史上，很少见的是皇帝要召见一个官阶不显的官吏，就是为了验看他身上的伤。汉武帝就真的召见了赵充国，亲自看他身上的伤口，感慨不已。而后自然是一番封赏，授予他中郎一职，迁连骑将军长史，相当于今天将军手下的第一参谋。

伤情怎么连皇帝都惊动了？

原来当时二十岁不到的赵充国跟随汉武帝的国舅爷李广利（李广利，著名的李夫人的哥哥）出征，被数万匈奴大军包围。几天过去了，弹尽粮绝，下一步就是眼睁睁地看着匈奴彪悍的骑兵发起最后的攻击，汉军全军覆没。就在双方都认为没有悬念的时刻，汉军中突然冲出一支百余人的敢死队，生生地杀出一条血路，汉军大部队紧随其后才突围成功。

这支“敢死队”的组织者就是赵充国。他冲在最前面，战后他全身受伤二十余处。可谓是“遍体鳞伤”，解围后，汉武帝听说了赵充国的事迹，马上派人把他接过来，这才有了上面那一幕。

按照老将军的勇气以及我们的逻辑出牌的话，自然又是一番腥风血雨。但是，五十年后，赵将军的做法让汉宣帝、满朝大臣倍感意外。

数十年与少数民族打交道，谙于战争之道的赵充国提了一个建议，只有十五个字：

请罢骑兵，留万人以兵屯田，以待其弊。（《汉书·赵充国传》）

以十五个字献计的，中国历史上也实属罕见。这十五个字的意思是，希望国家不用着急召集骑兵踏平西羌，而要在当地留守万名士兵来屯田，等待西羌疲惫、懈怠，我们抓住时机进攻。“屯田”，就是军营农场的意思，类似于建设兵团。也就是说，有战事可以拿起兵器上战场，没有战事可以耕作、自给自足。屯田的方法本质是一套由休养生息、以逸待劳以及以德服人组成的混合战术，是以休养生息为主，攻心为上，也不放弃大棒的政策。进可攻，退可守，自身没有一个破绽，又洞悉对方的破绽。赵充国将军提的这个建议和几十年前他的策略是截然相反的。所以，有人就会产生质疑，这个计策有没有效果。

我们都知道，判断和评价需要经过时间的检验的。结果，一年之后先零的势力被消耗殆尽。在自己的供给匮乏、西汉一方屯田处丰裕的供给诱惑之下，不击自溃，多达四万先零叛军不战而降。如此看来，生存必需的物质是争取民心的一个关键。这里，我们还需要注意几个数字的意义：一年的时间，赵充国用万人左右的士兵征服了四五万的西羌人。之前，西汉有过这样的战绩吗？三十年前，西汉政府也有这样的战绩，当时却是用了十万大军历时数年才得以完成。

从“不战而屈人之兵”的战略妙计可以看出，道德和物质才是战争胜利的关键点。这也就是曹丕旧事重提“不战屈敌虏，戢兵称贤良”的缘由。

以德服人

曹丕如何实现“不战而屈人之兵”的战略妙计呢？诗中写到他的决定：

兴农淮泗间，筑室都徐方。

这诗句的意思，他要在淮水泗水之间大兴耕织，要在临近东吴的地方广筑城池，不战而屈人之兵。俗话说：“人往高处走”，人们会选择更优越的条件。发展自身、优越环境，就可以收复民心、广纳贤才。战争或许可以不打就已经取胜。

这样的做法，曹丕觉得才是务实的。

但是，这可行吗？当然，这里有一个非常直接的证明：曹丕死后不到二十年，司马家族取代魏国建立的西晋与东吴对抗时，竟然出现了非常和谐的一幕：

（陆）抗尝病，（羊）祜馈之药，抗服之无疑心。（《晋书》）

这句的意思是说，后来东吴与西晋对决时，东吴的前线将领陆抗，也就是陆逊的儿子生病了，西晋的前线将领也是历史上神一样的名将羊祜竟然给对手送来药品，更让人咋舌的是陆抗毫不犹豫地就服下去。这就是著名的“隔江送药”的故事。在连舍友都要提防的今天，这简直是奇闻。

而且双方还有下面这些更和谐的怀柔事件：东吴的平民到了晋国，不仅没有生命的危险，如果回乡的盘缠等出了问题，反而会受到资助；

东吴的将领越境滋事被捉，送回去；西晋的军队到了吴国的地盘作战，还有“三大纪律八项注意”，毁坏了老百姓的庄稼要照价赔偿。双方的边境没有一点儿敌意，比一家人还“其乐融融”。怀柔政策对战斗双方的杀伤力是不可想象的。

陆抗的手下写了一脑门子官司，他们觉得这是瞧不起吴国的节奏。陆抗说了这样一番话，引人深思：

彼专为德，我专为暴，是不战而自服也。(《晋书》)

陆抗的意思是，如果人家专做好事，我们专做坏事，这样都不用打仗就已经败给人家了。陆抗作为一代名将，他太懂舆情的精要了：百姓心中都有一杆秤，称的是朝廷的良知，也决定了人心的向背，掩耳盗铃没用。换句话说，一个国家战胜敌方，也许靠的是精良的武器，但是精良的武器不能决定一切，根本还是让对方心悦诚服地心甘情愿地归顺。作为大将陆抗，他能够深知军事的重要性又能看到军事的弊端和作用的有限性。

纵观历史，崇尚武力的短命王朝就像将城堡建立在沙滩之上，永不能得到固定的城池。一个国家的长治久安离不开礼义廉耻、道德良知。于是，历史上非常奇特的一幕出现了：西晋与东吴干脆都憋着一股劲儿修炼内功，各劝农桑，各立德行，物质第一，攻心为上，两手都要硬，就看谁坚持得久长。或许是造物弄人，最后陆抗病死后，吴国人没有坚持住，命运可想而知。最终，西晋平定了东吴。我们可以细想一下，面对一时难以攻克的对手，攻心为上，以逸待劳的策略。有很强的可行性，而且有很好的效果。

由此，我们可以看出，曹丕数十年前定的这套战略，绝对高瞻远瞩。

换句话说，曹丕制定的战略目标，后来的西晋完美地运用并实现了，虽然曹丕没有亲历，却依旧可以使后世对其明智的战略怀有敬畏之心。当然，在广陵阅兵的时候，曹丕也勾勒了未来的美好愿景：

量宜运权略，六军成悦康。岂如东山诗，悠悠多忧伤。

这四句的意思是，最好应该思量谋略，让全军将士心悦诚服无忧虑，千万不要让士兵们有了《东山》诗中的那种由于连年征战人心惶惶的忧伤。

我们再了解一下《东山》。《东山》选自《诗经》，主要是写周公带领军队远征管、蔡二公的事件。此诗表达了人们对战事的厌倦，对和平生活的渴望。

我徂东山，慆慆不归。我来自东，零雨其濛。我东曰归，我心西悲。制彼裳衣，勿士行枚。蜎蜎者蠋，烝在桑野。敦彼独宿，亦在车下。我徂东山，慆慆不归。我来自东，零雨其濛。果赢之实，亦施于宇。伊威在室，蟏蛸在户。町畽鹿场，熠耀宵行。不可畏也，伊可怀也。我徂东山，慆慆不归。我来自东，零雨其濛。鹳鸣于垤，妇叹于室。洒扫穹窒，我征聿至。有敦瓜苦，烝在栗薪。自我不见，于今三年。我徂东山，慆慆不归。我来自东，零雨其濛。仓庚于飞，熠耀其羽。之子于归，皇驳其马。亲结其缡，九十其仪。其新孔嘉，其旧如之何？（《东山》）

由于曹丕亲自参加了很多战役，他对军队士兵的劳苦有切身的感受。他的组诗名作《黎阳作四首》就是一方面写到了责任，另一方面描写了战士们的辛苦。曹丕要做到的是避免战事的痛苦和阴影，以和平的方式实现天下大一统，如果不能做到，万不得已的情况下尽量采用决战的方式，以最小的代价争取统一，只有统一，天下才能安定。他在皇帝这个特殊身份上，能从士兵的角度思考问题，在条件优越的时候，还有对于武力起码的清醒，不像后来的统治者往往为了一己之私，为了消灭或者帮助小邦异族，百万大军都可以弃置国门外（老百姓比蚂蚁还不值钱），比如隋唐时征伐高丽的战争，真心地心疼那些士兵。

一个国家能把仗打赢，这是本事；一个国家，不打仗也能赢，这更是本事，而且是真本事。战争是来决定生死存亡的，不是用来争一口气的。在这一点上，曹丕的认识慢慢地变得清楚，因为他在一点一点地反思战争。

而且史书也有足够的证据表明曹丕可不只是说说而已，曹丕即位以来埋头苦干，在曹操当年的政策基础上推行了屯田制，为西晋一统天下“做了嫁衣裳”，说明他在努力将理想慢慢地变成现实。

从这个意义上说，曹丕何尝不是一位了不起军事家。可悲哀的是，曹丕没有活得久长，在生前无法证明并实现他的战略理想。然而，后人也正好忽略了这一点。当我们看到波涛滚滚的东逝之水，或许将有那么些为曹丕感到的惋惜。在感慨造化弄人的同时，或许可以长远地积极地看到它的启明意义。

这里，我们细品的是曹丕特有的那种超越战争本质的战略气质，即为武质，一种对战争本质理解得更通透的气质，一种难得的战略眼光。这也就是曹丕对那个时代的贡献之一，经过几十年的战乱，看遍了苍生苦难，对战争尽最大可能地规避，包括和平交接权力，以及远见卓识的以德服人之策略。虽然他没有曹操那样的建树，但是起码完成了对固有成果的保持，让黄河以北彻底稳定下来，为整个华夏的统一蓄力。

请看下一章：文人皇帝。

第七章　文人皇帝

郁郁河边树，青青野田草。舍我故乡客，将适万里道。
妻子牵衣袂，抆泪沾怀抱。还附幼童子，顾托兄与嫂。
辞诀未及终，严驾一何早。负笮引文舟，饱渴常不饱。
谁令尔贫贱，咨嗟何所道。

——曹丕《见挽船士兄弟辞别诗》

其实，越是冷静地看曹丕，就越能发现他的可爱。我们也可以轻易地发现他的第二个另类之处：在历代皇帝中，他有怜天悯人的文人情怀。我们始终认为曹丕就像个文人。

中年骂名

人们对曹丕意见很大，是因为这三点：一是逼汉献帝禅位；二是私生活放纵；三是曹丕夺嫡成功。

《世说新语》记载：一次，曹丕生病了，身为慈母的卞太后前去探望，掀起门帘一看，曹丕床侧立着的女子竟然都是曹操生前的宫妃。卞太后十分惊讶，问曹丕这些妃子是何时招来的。曹丕也干脆，称：父亲刚过世就召来了。两汉时，有些少数民族就是新王即位，不仅要继承王位，还要继承先王的那些夫人，比如王昭君的经历就是这样。但是与那些少数民族政权不同，在中原各国，从传统道德伦理上讲，曹操的妻妾，哪怕不是曹丕的生母，在名分上也是曹丕的继母。现在，曹丕连自己的继母都不放过。难怪卞太后会气得全身发抖，狂骂曹丕道："你这样做，死了连狗鼠都不吃你！"

但是其实古代的皇帝，当权力大到可以支配任何女人的时候，只要生理正常，不会比曹丕逊色多少。这种乱论的关系也不会少见。就拿唐朝为例，唐高宗李治娶的是继母武则天，李隆基则是占有了儿媳妇杨贵妃。

再如东汉的很多皇帝有诸多妃子，其实生活就已经很荒淫了，但是在这一方面的爱好恰恰有增无减，东汉后宫的人数在不断增加。东汉末年陈蕃上书皇帝说道:

又比年收敛，十伤五六，万人饥寒，不聊生活，而采女数千，食肉衣绮，脂油粉黛不可赀计。(《后汉书·陈蕃传》)

且不说国家的巨大耗费，就是皇帝的龙体都让人担心，照顾这么多后宫嫔妃，这工作量可是非常大的。不过，当时的实际情况并不会因为陈蕃上书就改变，还可能变本加厉。因为很多皇帝都是这样做，比如汉桓帝时。

多内幸，博采宫女至五六千人，及驱役从使复兼倍于此。(《后汉书·桓帝邓皇后传》)

对曹丕的好色有成见，是没问题的，但，这不能放在这个特殊群体中作为唯一评价标准。

夺嫡的问题就更值得商榷了。

在夺嫡之战中，人们诟病曹丕更多，觉得曹丕狡诈才获胜。比如，曹丕眼看着曹植被曹操看好，渐渐占了占上风，看在眼里，急在心上。他急欲与他的亲信吴质商量对策，但无缘无故地吴质无法进邺宫。急中生智，吴质躲进大竹篓子，放在车上，装作拖运垃圾，进入宫中，虽然委屈了吴质，但是事情毕竟做成了。不过这事被杨修知道了，马上向曹操报告，曹操很恼怒。曹丕得知此事，十分惶恐，与吴质密商对策。吴质说：“不怕不怕，明天再来一次，把绸子放进竹篓就行了。”第二天，车子进入宫中，杨修报告曹操，立即派人查看。篓子里只有绸缎，没有吴质。这一招很阴险，既让曹操对杨修有怀疑，你怎么就盯着这样的事呢？为什么老夫就没看见呢？为何别人不关注呢？也让曹操觉得曹植结交的杨修诬告曹丕，也是心术不正。在这关键时刻，凡是打击曹丕的那都是曹植的人，这我得提防着点，免得被误导。这离间计用得非常好，真像曹操当年骗他叔叔那样，活学活用!

但是，我们看到曹植这边其实也没闲着，也在积蓄力量，也在争夺继承权，所以，很难说在争夺权力的过程中说谁更光明正大，谁更正义。比如，我们无法判定是李建成更正义还是唐太宗李世民更正义，就像热剧《琅铘榜》中，我们知道老皇帝夺权并不光明，几个皇子夺权就光明、正义吗？不管梅长苏是出自什么动机，依然是权谋手段，不能摆到桌面上来，因为动机是动机，手段是手段，这是两码事。但是要是“合体”了，事情就更不容易判断了。

文人情怀

然而，真实的曹丕，除了生活与很多皇帝一样放荡、在夺嫡中与很多皇帝一样使用手段、一样对权力无比迷恋，其实还真有一些其他皇帝所不及的。那就是文人的真性情。

一是爱好雅集，开创了真正意义上雅集。

曹丕所在的建安年间，文坛最为活跃、最为著名的要属建安七子。建安七子是汉代诗文的倡导者。但是，或许大家忽略了一些问题，就是到底是谁把建安七子组成一个文学团体，又是谁给他们提供了一个自由创作的空间的。答案是曹操、曹丕、曹植父子。特别是曹丕，给建安七子更多的关照。当时，邺下（邺下，今河北省临漳县邺北城）文人集团在邺下一带聚集在三曹父子的周围进行文学创作。所以，我们明白，这些文人是聚拢在曹操身边的，长期戎马征战留守邺城的曹丕自然与邺下文人交往更为密切。

在与邺下文人交往期间，曹丕曾创作这么一首重要的诗歌《芙蓉池作》。

> 乘辇夜行游，逍遥步西园。双渠相溉灌，嘉木绕通川。卑枝拂羽盖，修条摩苍天。惊风扶轮毂，飞鸟翔我前。丹霞夹明月，华星出云间。上天垂光采，五色一何鲜。寿命非松乔，谁能得神仙。遨游快心意，保己终百年。（《芙蓉池作》）

曹丕开了雅集的先河，这就是一个证据。但是很可惜，曹丕这首重要的诗作《芙蓉池作》还是为大家所忽视了。

为什么说这首诗很重要呢？因为，这首诗表面上平淡无奇，诗人写美景来抒发闲适之情。流水、佳木、惊风、飞鸟、丹霞、明月、华星点点……目之所及，令人心旷神怡。读之让人陶醉，这种陶醉正是文人的享受，但未必是曹丕一个人的享受。《芙蓉池作》是曹丕、曹植与建安七子之间文人生活的写照。

建安七子的生活呈现了二元化，一是在乱世中，心忧天下；二是于独处时，思考人生。他们的私生活其实是很丰富的。他们绝对不会因为战乱而放弃思考人生，也不会像明清那样为了功名功利活成木偶。他们自觉地体验和思考人生无常的问题，包括如何让生命长久成了一个永恒的话题。我一直都认为，古人比现代人更有勇气的地方是他们可以谈生死，对于生死他们有自己的理解。什么人敢畅谈生死？有信仰的人，活得有血有肉的人。

在这诗句中，“丹霞”“明月”“遨游”“谁能得神仙”……俨然游仙诗的元素和气质。游仙就是追寻生命的永恒。

诗歌的结尾说道：“遨游快心意，保已终百年”。这句的意思是，如果能够一辈子享用这样闲适的美景，一辈子享受这样恬淡的修行心境，那么人生才算真正的不虚此行。诗歌所描绘的宁静的理想生活是脱离了现实生活的。建安年间，战火纷乱，民不聊生，哪有时间享受如此的人生呢？真正的大丈夫都在建不世之功。比如，建安七子在诗歌创作中写进了建功立业的志向。但是，大家可以明白，人不可能有一个面。面对破碎的山河，建安七子所写出了为国效力的一面。然而，诸如《芙蓉池作》的诗篇，则是诗人建功立业之余对自己精神的给养。他们既可以逍遥自在、游园探春，还可以求仙问道。诗歌描绘出一片快意淋漓的理想的文人生活。这就是文人的浪漫，哪怕沉疴遍地，初心不忘。他们的文章是活出来的，不是写出来的。

为了满足大家的需要，三曹父子开创了这样的雅集。具体的事情，曹操是不会做的，交给了他的两个儿子曹丕、曹植。在雅集时，曹植也写过类似他哥哥曹丕的《芙蓉池作》那样的诗篇，比如《公燕》《侍太子坐》等。

这样的雅集，上有呼应《诗经》中贵族宴饮传统，但是不同于那些贵族为了完成“礼”而坐到一起的宴饮。三曹开辟的雅集，确实留下了很多高质量的副产品——诗文。也许他们会和春秋的贵族一样一不小心喝酒喝高了，也会失态，比如学个驴叫等；这样的集会，开启兰亭、金谷园等雅集，有点儿像后来西方流行的“文人沙龙”。

当然，更重要的问题也一并解决了，比如凝聚人才。

要完成这样的工作，一方面为权力增加了光泽，另一方面也笼络了人才。刘备、孙权那边都不会有合适人才负责笼络人才的，因为这对联络者的要求相当高，结果，曹操本人可以，他的两个儿子也可以。曹丕更是不得了，他干这样的工作，简直是如鱼得水。

从曹丕的诗作，我们可以看到，曹丕与邺下文人集团交往甚密。在集合建安七子、令他们团结在三曹父子周围这一方面，曹丕做出了更多的工作和努力。曹丕本身的才气与诗人情怀，也是吸引建安七子汇聚在他父亲曹操的周围的原因之一。

在这一点上，曹丕与弟弟曹植可能截然相反。曹丕认识到了文学的战略意义，他写出了中国第一部文论《典论》，在这部著作的名篇《论文》中说道：

盖文章，经国之大业，不朽之盛事。

能把文章与国运联系起来，这说明他的爱好不仅来自本能，也有在那个特殊时代里对历史走向的把握。

总的来说，在铁马金戈之后，看一看南山松竹，自然无可厚非。他们可以有经天纬地的抱负，还可以有生命的沉思、真我的追问。人这一辈子，总不能整天忧国忧民，也不能整天苟且，得有诗与远方。比如此诗，正是由于曹丕自幼学诗学文，他才可能做出具有建安文学特色的《芙蓉池作》这类表达乱世背景下文人优越感的作品。所以我们可以深入地理解，曹丕能够称帝，不仅是政治手段、军事才干，还要注意到他的文学造诣。曹丕擅长诗文，为聚拢邺下文人集团、主导舆论创造了条件和便利。

当然，必须强调的是，曹丕擅长诗文，不仅仅有目的而为之，更有对文学自然地喜好。这里我们还要关注这样一个历史事件——南皮之游。南皮之游足以证明曹丕身上一直流淌着文人的气质。

我们先了解一下南皮这个地方。当时袁绍占据的就是渤海郡，渤海郡郡治在今河北省沧州市的南皮县。南皮与邺下相距只有五百里。南皮之地对于曹氏父子具有重要的意义。曹操攻占南皮后，证明袁绍的势力基本被消灭。对于曹丕而言，他在攻占南皮时，得到了妻子甄氏。我们都知道曹氏兄弟与甄氏的爱情故事。不知后人如何看待他们之间的凄美的感情纠葛，但不得否认的是甄氏所在的南皮对曹家有特殊的意义。而且，在这里，他们还创造了一个文学上的“西园”意象，有学者考证:《名胜志》说西园在邺城西，“魏曹丕同弟植宾从游幸之地也”。或以为西园即玄武苑，苑在邺城之西，漳水之南，为曹操改筑玄武陂而成，曹丕兄弟及诸文士的确常来此地游憩。这是一说。

另一说是邺下文士的诗文中的“西园”往往指铜雀园。曹丕《登台赋序》有“建安十七年春，游西园，登铜雀台”的诗句；曹植《公宴诗》有“清夜游西园，飞盖相追随”的诗句。黄节说，这个园子就是铜雀园。换句话说，不管哪一种说法都是在西园（或者说以西园为中心的邺宫周围）。曹丕、曹植以及邺下文士确实曾举行过宴饮游览的盛会，这就是为大家所熟知的“邺中宴集”。而且，在宴游之际，他们互相诗赋酬酢，或同题唱和，写出了大量的作品。《文选》（卷三十）载谢灵运《拟魏太子邺中集诗八首》，所拟即是他们当时的诗作。

要不是一个文人，恐怕绝对没有这样的雅兴，也没有这样的能力，附庸风雅其实也是一件很累的事情。更让人有些感动的是，多年后，在写给好朋友吴质的三封信中，曹丕多次提到“南皮之游”。《三曹年谱》

记载，大约建安二十年，曹丕写过的这样的一封书信，书信中他曾表达对南皮之游的感怀。这封书信写道：

追思昔游，犹在心目。

每每回忆文人集会，难忘的还是南皮之游。建安二十三年，曹丕的《与吴质书》写道：

昔日游处，行则连舆，止则接席，何曾须臾相失？

也就是说，经过多年征战之后，年事已高的他更怀旧了。回想他自己最光辉的时光都是在南皮度过的，在书信中，感怀曾游时朝夕相伴如今建安七子零落飘零，心中一定万分悲伤。建安二十五年，曹丕在另一封《与吴质书》中写道：

南皮之游，存者三人，烈祖（按当“烈丹”之误）龙飞，或将或侯。今惟吾子，栖迟下仕。

这封信写得更为悲凉。信中写道：南皮之游中幸存的人仅我们三个了，即使父王已经驾崩，其余人或作将或作侯，与以往大不相同。但是如今我感觉到异常的哀伤，以后再来游南皮恐怕只有我一人了。

我们需要注意的是，一般人会以打败敌人的地方作为辉煌的成绩、里程碑引以为傲来频频炫耀。但是曹丕没有把政治、军事上的胜利成果作为炫耀的资本，而是对文人雅士聚集、宴游的南皮之地念念不忘，作为人生最为宝贵最美好的回忆。由此，我们可以看到作为政治家的曹丕内心深处的文人情怀。显然曹丕与那些醉心名利、声色之人不一样。开创宴游诗的人，于宴游诗中深刻地体味生命意义的人，必然会对人生有特殊的敏感。这样的君王对百姓的生死或许也是敏感的。

总之，一句话，曹丕，灯红酒绿中的不是你的真模样。

心系民瘼

作为政治家的曹丕是有文人情怀的。有人会问，这么说有更有力的证据吗?

有两个证据可以说明。

第一个证据是，作为贵公子乃至君主的曹丕有着极强的现实主义精神，是一个现实主义的文人，按现在的话说是接地气的文人。

我们先来看两个文学方面的词汇：一个是风骚，一个是风雅。“风骚”，“风”指代诗经，“骚”是离骚，“风雅”，则是指诗经中的十五国风与大雅、小雅。“风骚”大多指普遍的文人情怀；“风雅”多指文人的两个定向。哪两个定向呢？“风”，代表现实通俗的精神；“雅”，代表精英贵族风范。也就是说，一提到“风骚”就会想到文人，而“风雅”则会想到众多文体兼长的文人。七岁就会写诗的曹丕兼而有之，但他的文气曾被后世误读，后世多认为曹丕的诗是贵族风范，是倾向于风雅的“雅”的。比如，上文大家所鉴赏到的《芙蓉池作》，全诗用词华丽、精致，表达从容、优雅，明显地，不是现实主义诗篇。现实主义文学创作必定是现实的骨架来做支撑的。但是，《芙蓉池作》并不是曹丕唯一的诗作，他还有《燕歌行》那样足可以彪炳千秋的诗篇，那是第一篇中规中矩的七言诗，对促使唐诗这座高峰的出现功不可没，那首诗里面就有较强的现实主义精神，把“思妇征夫”这样的话题放到了更深沉的殿堂上。别忘了，又是第一!

如果阅历足够丰富，即使终生为贵族甚至为皇帝，其身心会兼有风雅的气质。由此，曹丕不应再被误解，曹丕文学造诣不输曹植，曹丕文学创作不只是展现雅致的贵族风范。

曹丕以“雅”写“风”的手法炉火纯青。这是建安文学的一大壮举。我们来鉴赏下其中的代表作《见挽船士兄弟辞别诗》。

关于这首诗，后世有很多争论。有人甚至怀疑不是曹丕所作。但是，我们从全诗的文风、写作的角度来分析，如果不是经历过贵族生活、目睹过百姓的流离失所，也很难自然地体现出一种从高贵的气质中流露出的悲悯。悲悯很容易写出来，高贵则不容易。所以从内容分析上看这篇应为曹丕作品，也是这篇作品我们可以深切地体会到曹丕的“风”“雅”兼具的创作风格和内心修为。我们先来看这首诗歌的前四句:

郁郁河边树，青青野田草。舍我故乡客，将适万里道。

“郁郁”“青青”这样的叠词在汉乐府中常见，叠词运用得最好的当属古诗十九首。以叠词打开诗歌，可见文学修养。

诗句的意思是，家乡田野郁郁青青，河边树郁郁蓊蓊。在这一年之中最为美好的阳春时节，但是主人公却要离开故乡，远征万里。阳春如此美好，画面如此唯美，踏上一条生死未卜之路。

一提到战争，有些人或许会不理解地说，这有什么可悲的呢？保卫国家是你的荣幸，区区一条贱命有什么的呢？这种想法有些过激，鼓励战争者恐怕不是战争的参与者或者没经历过战争的痛苦。在任何一个国家，任何一个时代，最终目的都不是让老百姓丧命，而是让百姓的生命得到保护和尊重。一个国家的荣誉不该是取得了战斗的胜利，而是永不发生战争、永不承受战争。

对于战争，曹丕没有直接回答，只是用诗歌的语言描述了一个画面。他说：

> 妻子牵衣袂，抆泪沾怀抱。还附幼童子，顾托兄与嫂。辞诀未及终，严驾一何早！

“抆”，即擦拭。“还附”，即转过身来抱着。“严驾”，准备好车马。

这几句诗描写了一个动人的画面，尤其是战争背景下面临生离死别。这种情景或许更触动人心。妻子牵着我的衣服舍不得我走，不断擦泪，衣襟都湿透了。蹒跚学步的孩子还不知道我们的悲伤，他跑过来拉着我的衣角撒娇，让爸爸抱着。这位父亲抱着孩子交给妻子，为妻子擦拭眼角的泪。转过身来，向兄嫂道别，并把妻子、孩子一同托付给兄嫂。可惜呀，艰难的告别还没结束，出行的车马早已备好。

这短短几句却有三层意思，依次叠加：

一是夫妻之别。天下的夫妻胜过父母、子女，相伴一生。可是谁人能比自己还无怨无悔地为她保驾护航，这种天下至情怎能割舍？换句话说，远征后世上最疼爱妻子的那个人也就可能永远不在了。

二是父子之别。襁褓中或是蹒跚学步的孩子不太懂得父母的悲伤，他还像往日那样拉着我的衣角撒娇。可是一别相逢不知何日，这种天下至痛怎样承受？做过父母的人都有这种体会，一天见不到孩子心里满是想念。自今日后，从此诀别，再见不到子女，心中应该是宛如刀割的剧痛吧。再想到日后子女的生活再没人像自己一样去悉心照料，或许从此孤苦无依，那种身为父母之人的心如刀割的剧痛会更甚几分。

三是兄弟之别。一母同胞，血浓于水，今日相当于生人作死别，一家大小托付给至亲，大恩大德，如战死则要来生相报。

三种人间至情。曹丕细致地剥开伤口，方有三重人间至痛。平常到的日子转瞬之间就可能是最后一天。曹丕有风度地、雅致地轻描淡写出一个家庭，在如诗如画的季节里，外加一辆整装待发的马车，一下子撕心裂肺。

这真是“雅”的残酷，“风”的真实。诗歌写到这个份上，诗歌的现实性已经不需多言了。我们可以看到，作为贵公子的曹丕眼中不仅仅有闲雅的芙蓉池，还有这种人间烟火。不像后世杜甫的《兵车行》等写生离死别写得响彻云霄，或“三吏三别”那样痛彻心扉地哀回低转，而是优雅地娓娓道来，“雅”的气质丝毫不减，情感与技巧浑然一体。

尤其诗中最关键的后四句：

负笮引文舟，饱渴常不饱。谁令尔贫贱，咨嗟何所道。

“笮”，即竹索。“文舟”，即画船。“咨嗟”，即叹息。

这几句就像是丈夫在向妻子认错、忏悔，尤其是在生死离别的时候。诗句的意思是，我这么多年来拉纤挽船，但是挣不了几文钱。一家人经常是食不果腹，最对不起的就是老婆你了，自从嫁给我就过着贫贱的日子没享过福，临别了我为何还叹息来增加你的愁绪呢!

最后这几句大家不要小看了，人在生命的关键时刻所说的每一句话，如果不是经历过或是有生活体验的人是写不出来的。每个场景、每个人物，都建立在诗人(曹丕)深入观察和深刻理解之上的。

由此可见，曹丕很了解百姓的疾苦。但是理解别人有多难呀! 作为普通老百姓的我们可以比较一下：今天有谁知道替别人顶风冒雨送一桶水赚多少钱？有谁知道扫大街的大爷大妈们辛苦了一年能攒多少钱？谁知道贵州的孩子从大山深处背一筐煤可以挣多少工钱？如果这些我们都不清楚，没有答案的话，我们就不能责怪曹丕了。但是，作为贵公子乃至至尊皇帝的曹丕知道这些纤夫们的生活境况，知道他们的入不敷出，还敢写出来，"不装睡"，并非报喜不报忧。我们不但要感慨，还要服气。

当然这样的诗歌，曹丕还有一篇《于清河见挽船士与妻别》。只有读了这首诗，才知道杜甫的《与妻别》学的谁，此处不再赘述。

诗中有真切的生活，诗人就要有真实的情感。要是不能洞穿民生疾苦，不走群众路线，怜悯百姓，就不会成为这样的诗歌。在古代文学中，这首诗可谓是为老百姓说话说得既文雅又有分量的。由此，我们可以看到作为贵公子的曹丕是以文人的视角深切审视民间百姓的疾苦。

也许有人会说，曹丕作为受益于战争的一介贵公子，这样难道不是鳄鱼的眼泪？

只是以结果为依据作为判断，不能看到人物的全部为人、性格和灵魂。对于这样的怀疑，笔者并不怀疑他的合理性，也不觉得不突兀。毕竟我前面讲过，从诗歌上来看，他确实写的最多的是贵公子宴饮的诗篇，写他还经常召集一些文人（包括著名的"建安七子"）宴饮游乐，下棋斗鸡，击剑打猎。他在自己的根据地邺城（今天河北临漳西南），各种文武游戏都玩遍了。

曹丕在其名作《芙蓉池作》中写道：

寿命非松乔，谁能得神仙？遨游快心意，保几终百年。

这四句的意思是，我们的寿命活不过传说中的雨师（也就是掌管天上云雨的赤松子)，也活不过后来成仙的周灵王的太子晋（也就是王子乔)。干脆就多遨游吧，让自己快乐无忧，这样保全着自己顺利活百年就可以了。

曹丕跟曹操一样，写了很多游仙诗，却也不相信长生不老的神话，但是与曹操报复性的拼事业不同，他报复性的享受私生活。这也成为除了“夺嫡”之外最为后人诟病的地方。

比如史书记载曹操外出征战时，发生在曹丕身上的一个故事“易服田猎”，也很能说明他的公子脾气：

> 太祖征并州，留琰傅文帝於邺。世子仍出田猎，变易服乘，志在驱逐。(《三国志·魏志·崔琰传》)

这句话中的“世子”就是曹丕。这句话的意思是，曹操远征，留下崔琰辅佐曹丕守护邺城，结果曹丕悄悄地换了车马，相当于乔装改扮，一门心思地想去打猎。乍看着这一句话没什么大不了，不就是出去打个猎放个风嘛，年轻人嘛。但是为什么要放到曹操大谋士崔琰的列传中专门说一下呢？曹操令曹丕留守邺城是有一定使命的。因为都城对于一个国家是有着非常重要的战略意义的。古时，皇帝最怕的就是远征和出访。因为，离开都城在外巡视，一旦都城发生暴动将是致命的。在《三国演义》中，这样的事情本身不鲜见。我们看过前一段时间热播的电视剧《琅琊榜》，剧中皇帝到九宫山去之时都城发生政变。邺城虽然不是都城，但是是曹操的“老巢”。这个老巢相当于根据地，肩负着社稷安危。曹操将邺城交给他信任的曹丕。留守邺城是一项政治任务，也是一场考试。关乎曹丕在继承权上的成败。我们看，后来的曹植就在这样的考试中失败的。而且我们看到，就在邺城曹操出征时候发生了很多故事，比如，董承等人发动政变等。

然而，开始曹丕并没有领会父亲的意思，直到崔琰和他说了一席话。要知道，曹操曾经秘密的向五个亲信询问接班人的问题，即著名的“五人小组”，崔琰就是其中一个，他在“嗣位”问题上有话语权。崔琰提醒曹丕，此时外出打猎、乔装欺骗军士……就是把曹丞相（即曹操）的考验当儿戏。崔琰认为这是曹丕一个非常严重的错误。我们知道曹操委派曹丕留守有可能也会发生风云突变情况的根据地邺城（今天河北临漳西南），那是重要的政治任务，也是一场特殊考试，关乎继承权问题。这么关键的时候，竟然按捺不住溜出去打猎了，而且还要小聪明，改换了车马，遮人耳目。这不是调崔大人的胃口吗？

崔琰生了气，后果也很严重。当然，曹丕的脑子转得很快，他赶紧写了一份态度诚恳的检查，历数了自己作风上的问题，反思了自己的政治觉悟，这才算过关。从中也可以看出，曹丕绝对有贵公子的享乐脾气。

这一系列的事实，都能说明曹丕的生活就是贵公子式的，有时还有一些任性。但是这种生活和经历，并不能代表曹丕就没有了解民情、怜悯百姓的可能。就像富足的人没有看到别人的苦难的可能一样，都是荒谬的逻辑。贵族生活不能成为曹丕不知民情的理由，就像无情地杀了兄弟的李世民，可能还有成为一个仁君的可能。所以，我们读完了他的这首诗歌，如果能放下这种错误的逻辑，说不定对认识曹丕乃至其他人都有莫大的裨益。

风之集成

我们说，有两个证据证明曹丕具有文人情怀。第一个就是作为贵公子乃至君主的曹丕有着极强的现实主义精神，是一个现实主义的文人。而第二个证据，让我们觉得他就更另类，就是作为战争的受益者，他心里有一个反战思维，尚武而不黩武。最痛恨战争的诗人，人们历来都认为是杜甫，他写出了著名的“三吏三别”、《兵车行》等名篇。但是，熟读过曹丕的《见挽船士兄弟辞别》的王夫之为曹丕抱打不平。王夫之读了曹丕所作的这首诗后，写过一段震烁古今的文字：

> 乃知杜陵《三别》，偨厓灰颓，不足问津《风》《雅》。（《船山古诗评选》）

也就是说，如果今天读了曹丕的这首，再看杜甫名篇“三吏”“三别”，可知两者不在同一境界上。揭露战争罪恶的杜甫之诗与文质彬彬的大气象情怀的曹丕之诗相比，简直就是边边沿沿，灰头土脸，就是“乡间俚语”。

这么犀利的说法有道理吗？

我们不妨做一个游戏。摆在我们面前的有三首诗。反映周公当年带领军队讨伐叛逆时，战士们久役不归，怨声载道的《东山》；反映军旅生活进而反映战乱年代民生疾苦的汉乐府名篇《十五从军征》（即我们耳熟能详的那首“十五从军征，八十始得归”）；还有曹丕的《见挽船士兄弟辞别》。就此，我们做一个总结，把这些诗是按照：从《见挽船士兄弟辞别》到《东山》，从《东山》到《十五从军征》，这样的顺序做成一个穿越剧，战乱年间一个男人的命运是：战争爆发，夫妻生人作死别，恨恨哪可论（见《见挽船士兄弟辞别》内容）。然后男人在战场上风餐露宿，生死无常（见《东山》内容）；再后来侥幸保全了性命，归来却老无所依，物是人非（见《十五从军征》内容）。在古代，一个人的一生就被这三首诗活生生地描写了出来。这简直就是战争版的《活着》，一部从小人物视角出发的另类的中国战争史、反战史。在那些全民迷信武力、成败论英雄的时代里，它恰恰说明：战争的罪恶无时不在，伤痛不分敌我。

我们需要注意的是，这是需要战争成就霸业的皇帝所写出来的。所以，王夫之“宁可冒天下（“杜粉”）之大不韪”也要这样说，那就是说曹丕的雅致的“风”诗绝对是《诗经》、汉乐府之后，杜甫之前的那个高度。甚至杜甫的那些集大成诗篇如“三吏三别”仅仅是扩大了一下曹丕的选题，也是对《诗经》、汉乐府以及曹丕的礼敬而已。

这就是说，曹丕就是《诗经》与杜甫这条现实主义诗歌的道路的承前启后者。而且千万别忘了，诗人曹丕还是一个贵公子，一个皇帝。中国不缺少皇帝，但是这样的皇帝还真没有几个。

王夫之的话提醒了我们，读了曹丕的诗才会珍惜他的另类之处：他没有穷兵黩武，不是因为懦弱，是因为他深知每一个士兵的死去都是一个家庭的悲剧。每一个走向战场的士兵，家里都有一个等他回来的母亲或妻子。人到了这一步，政客就成了政治家；一个军事上的“失败者”，反而在另一个高度，也就是慈悲与良知上，站了起来。

所以，曹操在文学上没有这样大的建树，曹植也没有。那个时代能够连接前后，苦撑现实主义文风的就是曹丕。这比他当皇帝还有成就，更重要的是，这样的创作，不仅没有为他的政治地位减分，还在加分。毕竟古代收成的皇帝很多，守成失败的也很多，但是曹丕是一个守成成功者，这就是立功了。他还成了一代伟大的诗人，这也完成了立言。古人讲究“三立”，曹丕得其二，这就是皇帝里面的少数派了。

一言蔽之，文治武功做到曹丕这个份上，也值得赞叹。

造化弄人

那我们为何要特别地表扬这个另类皇帝呢?

因为走向现实主义太难，很多皇帝，也包括文人，不及格的地方就是从不关注现实。曹丕通过走向现实主义的路线在历史上“站起来”可不容易。前面我们提过，曹丕对军事还是有感情的，在这里我们再补充一个小故事。

曹丕手下有一位剑术精绝的奋武将军邓展，此人剑术了得。在一次宴会时候，邓将军说起了自己的剑术如何，没想到皇帝曹丕对邓将军说:“我觉得您有些地方是不对的，毕竟我也学过剑术，而且受过高人指点。”那时候的君臣关系还不像后世那么严肃，人格上还有相对的独立性。酒酣耳热之际，这位邓将军哪受得了这个刺激，这可当着满朝文武呢。结果，一言不合，两人就决定比试一下，当时大家正在吃甘蔗，于是就地取材，以甘蔗为剑。两人下殿后对打起来。几个回合下来，曹丕连续三次都击中邓展的手臂，大家大笑起来。

邓展更不服气了，也不给皇帝面子，要求再来一次。曹丕也来了精神，说:“此前击中你手臂，有点儿简单，这次要击中你的面部我才算赢，如何?”曹丕这话有霸气、自信，也有智谋的成分，激怒对方，他反而更容易达到目标。果不其然，邓展猛扑过来，果不其然，曹丕抓住机会，打中邓展的额角。堂下一片惊叹!

我们可以思考一下，平时热衷于和手下比试剑术的人，应该是对武功、对军事是不排斥甚至是热衷的，好武尚战，穷兵黩武的可能性太大了。

领导者的爱好往往就会成为天下政策的来源。可是纵观历史，曹丕并没有沿着我们预判的路径前进，我们可以这样看待曹丕：他是一个着眼于百姓的皇帝，是一个超越了军事失败但初心不改的文人。要知道，往往为了一己之权力，倾覆了天下苍生的几乎是常事。秦始皇、汉武帝以及很多崇拜他们的人，在这件事上所犯的都是一样的错误，从来都不计代价，也忘记了这些功名背后累累的白骨。但是曹丕之所以没有犯下这样的错误，最重要的一点还真是因为曹丕是一个读书人。他的文人之心很好地制衡了他对武力的狂热。

前文说过“武质”，这里就可以对“文心”做一个定义：一种骨子里具有文人的情怀、对生命尊重、对百姓怜悯的本能铸就的气质，即文心。哪怕我们认为还不够，但是这也是文人与政客的区别。

可能有人不服这样的“武质文心”，觉得这没什么了不起。按照套路，我们可以将心比心，推己及人。如果我们站到那个位置上，身为那个角色，有对武功、军事的热爱与特长，又有名留千古、成就千秋的大梦，你敢保证不被荣誉、胜利、地位、声名、利益冲昏头脑吗？我们再看曹丕，具备了一切却仍旧保持着对战争的敬畏和理智，写出这样的诗篇，这样的皇帝真的不多。

于是，大家也会非常关心这个“武质文心”的曹丕在广陵的行动。结果如何？史书记载：

> 是岁大寒，水道冰，舟不得入江，乃引还。（《三国志·魏书·文帝本纪》）

我们前面讲过，曹操一生中最著名的军事冒险“远征乌桓”遭遇盛夏大雨。大雨下了十几天，真是差点儿“泡汤”；结果，稳扎稳打的曹丕邂逅低温：长江竟然局部结冰，战船无法出港，努力被冰冻。遭遇相似，命运大不同。曹操反败为胜，大胜乌桓；曹丕无力回天，带兵折返。

也就是说，这么大的一场军事行动被上天处理掉了。曹丕在扬州最后只留下一个“波涛汹涌”的成语，那是他站在结冰的江边眺望长江中心处未结冰处波涛汹涌，感慨造化弄人时的所见之景。除了天意，难道还有别的解释吗？而且返回的第二年春天，曹丕就病逝了，他也就彻底地交了白卷。但是，造化弄人的另一层意思也就是，最后一次无功而返的远征，也从某种意义上保全了曹丕政治家与一个文人的名声。换言之，他并不是后世认为的昏庸的皇帝、残暴的皇帝、专制的皇帝，他是关注江山社稷、关注民生的，具有文人气质的皇帝。

我们不再重复王夫之对曹丕的评价，再来看另外的评价，或许我们可以更有体会。当时，有个叫卞兰的人在谈到曹丕的影响力的时候，说过这样八个字:

武夫怀恩，文士归德。(《赞述太子赋》)

（上述《赞述太子赋》在史书记载应名为《赞太子表》）意思是军方人士都感念曹丕的恩情，文士都在内心深处悦服于曹丕的修为。卞兰所说的并非都是客套话。卞兰是那个时代绝对有料的一个人，他是曹操的内侄，是曹魏政府中从不看皇帝脸色，还能给皇帝脸色的人物，他有他的公允之心。史书记载，皇帝曾让卞兰写书信来歌功颂德，甚至有些人还请他做更过分的事情，但是卞兰都能够拒绝。在赞许当时的太子曹丕的时候，卞兰并没有犹豫，也没有吝啬笔墨，写出这八个有分量的字。让今天的我们能够感受到那个时代的对于曹丕的不同的眼光。

当然，尽管我们提出曹丕的武质文心，但不可否认的是曹丕也并不是完美的人，甚至存在很多的弱点。在评价人的时候，我们肯定其优点和伟大之处，也丝毫不掩饰其缺点和不足，不也是一种客观的公正的看法吗？我们不想为曹丕掩盖什么，因为他身上的弱点是显而易见的，也正是有弱点、不完美，才是真实的，他的优点才被大家公认。

对于曹丕，我们因为夺嫡、篡位等这些很难用道德衡量的东西便自动屏蔽了曹丕的优点，这是不公平的。带给他最大不公的，除了汉献帝，就是曹植了。在了解了一个武质文心的曹丕之后，我们如何来看待已经渐渐地站在历史前台的曹植呢？

请看下一章：文才风骨。

第八章　文才风骨

白马饰金羁，连翩西北驰。借问谁家子，幽并游侠儿。
少小去乡邑，扬声沙漠垂。宿昔秉良弓，楛矢何参差……
弃身锋刃端，性命安可怀？父母且不顾，何言子与妻！
名在壮士籍，不得中顾私。捐躯赴国难，视死忽如归。

——曹植《白马篇》

第八章 文本风开

曹操有太多的好儿子，万夫不当之勇的曹彰，聪明异常的曹冲，还有我们熟悉的势均力敌的曹丕和曹植。再看看刘备的儿子刘禅，孙权的儿子孙皓，才觉得曹操真是让人羡慕。那么我们讲完了曹丕之后，就不得不提及曹植。这一对在别人眼里势均力敌的兄弟，一直就是千百年来的热点。

才高八斗

应该说，曹冲之后，优秀的当属曹丕与曹植了。为何曹冲排在第一位?

因为曹冲不仅聪明，而且仁德智慧。“曹冲称象”的故事，后来成为家长为难我们的一个标准；我们或许不知道另一个故事：曹冲“巧救马夫”的故事。

曹操有一副马鞍，他爱惜得不得了。但是，有一天大战在即，负责照看马鞍的小吏却发现闯了大祸：老鼠把马鞍咬了一个洞。曹操惹不起，出征也不吉利！这个小吏想着想着吓得哭起来，准备回家跟亲人道别。这个时候，从这里经过问清原委的曹冲对他说：“别动，等我消息。”曹冲干吗去了？回家“生病”去了。曹操一听曹冲病了，就赶过来探望病情。这时，曹冲就哭哭啼啼地拿出一件衣裳，衣裳上面有好几个洞，对曹操说：“这是我最喜欢的衣服，被老鼠咬了几个洞，听说这非常不吉利，所以我一着急就生病了。”曹操听后很严肃地教导曹冲：第一，衣服没有性命重要。这种情况下，人命要紧；第二，人不能太迷信，别什么事情都疑神疑鬼。说不定衣服破了，就是新衣服要来了，这还可能是好事呢。于是，曹冲的病马上好了。

结果曹操笑了，因为他一回来，看管马鞍的小吏就把被咬的马鞍抱了过来并汇报情况，曹操一下子就明白自己中了曹冲的计策了。但是他很开心，因为这儿子聪明而且仁厚。

可惜的是，曹冲早夭。在曹丕劝他别太难过的时候，曹操说道：

此我之不幸，汝曹之幸也。（《三国志》）

“汝曹”，即你们。

这句话的意思是，曹冲夭折了，这是我的不幸，但是便宜你们了。可见，曹操多么看重曹冲。

曹冲死后，最有希望继承父业的当然是曹植了。大家为何看重曹植呢？原因很多，但重要的一点是曹植的文学才华确实卓越。有一个成语就是为曹植而造的——才高八斗。南朝宋时，有个著名的大诗人谢灵运，那是打赢了淝水之战的东晋名将谢玄的孙子，也是一位了不起的才俊。他的诗文与书法被当时的皇帝称为“二宝”，加上生性不羁的谢灵运本人，那就是“三宝”。但是也因为这样的优势，谢灵运自恋得无药可救。有人将了谢灵运一军：“你的才华是否是古今第一？”谢灵运却说了这么一段话。很有意思。他说道：

天下才共一石，曹子建独占八斗，我得一斗，天下共分一斗。(《说郛》)

“曹子建”，也就是曹植，曹植字子建。“石”，古代的计量单位，等于十斗。这话听起来是够狂妄的，我的才华未必天下第一，但是比起你们还是绰绰有余。想占便宜？没门。这话也够谦虚，作为曹植的骨灰级粉丝，虽然天下人在自己眼中什么也不是，但他觉得与曹植相比，自己也什么都不是。从此，人们就熟悉了一个成语：才高八斗。其实，曹植在世的时候，人们就已经这样的评价曹植的文学才华了。曹植简直就是夺了天地的灵气，吸纳了人间的才华。今天那些所谓的学神、学霸在曹植面前连个渣都不算。后世的很多有关曹植的传说甚至“绯闻”，多与曹植的文学才华相关，这也许是对文人特殊的眷顾吧。

被这样推崇，曹植怎么看？曹植很逆反。在给杨修的书信中，他写道：

岂徒以翰墨为勋绩，辞赋为君子哉！（《与杨祖德书》）

这句话的意思是，一个人怎么能够把文章当作功勋，把辞赋这样的雕虫小技当作生身立命的东西呢。看来让大家失望了。曹植觉得人们赞美自己的文学成就不仅不是一个褒奖，反而有些羞辱他的意思。人们津津乐道其文学才华，只是其一厢情愿罢了。

曹植为何有这么大的逆反？曹植的理想可不是成为一个文学家，是一个更高的追求。当然，那时的曹植并不知道，如果他的才华可以分为政治才华与文学才华两部分，那么他的文学才华一流，政治才华应属末流，两种才华明显不成正比。文人有一种通病，就是才华越高的人越是看不上自己的文学才华，而对自己的政治才华却有着难以言说的误判与高估。

白马金羁

那他的理想是什么呢？在这首诗里，我们可以找到答案。在他人生的最辉煌的时候，也就是二十多岁的时候，写出了五言诗名篇《白马篇》。

> 白马饰金羁，连翩西北驰。借问谁家子，幽并游侠儿。少小去乡邑，扬声沙漠垂。

“金羁”，即金饰的马笼头。“幽并”，即幽州并州的合称，幽州主要指古代的燕赵大地，即今京津、河北北部、辽宁南部及朝鲜西北部地区。“并州”，即今太原的故称，也泛指山西一带。

这几句的意思是，佩戴着金色龙头的白马在西北塞漠之上驰骋。借问一下这是谁家的孩子，在边塞这般侠气纵横？原来是幽并一带的游侠儿，他年纪轻轻就离别了家乡，到边塞显身手建立功勋。这个游侠儿本领非凡：

> 宿昔秉良弓，楛矢何参差。控弦破左的，右发摧月支。仰手接飞猱，俯身散马蹄。狡捷过猴猿，勇剽若豹螭。

“的”“月支”“飞猱”“马蹄”都是箭靶或者箭靶的名称。

诗句的意思是，楛木箭和强弓早晚不离身，下苦功练就了一身武艺。俯仰之间，拉开弓如满月，一箭箭都中靶心。飞骑射中了“长臂猿”，转身又去射“马蹄”。灵巧敏捷赛过猿猴，勇猛剽悍如猛兽。

以“左”“右”“仰”“俯”四个字领引，不惜笔墨，反复渲染，写出了少年良强弓在身，勇猛矫捷的傲人的本领。诗中写到的这身本领很容易地让人想起小学时背诵的杜甫诗歌《塞下曲》中的名句：

挽弓当挽强，用箭当用长。射人先射马，擒贼先擒王。

《塞下曲》的这几句就有这个味道。当然，重要的不是本领，是气质。白色的战马，金黄的笼头，在这个了无生气、一片苍凉的边塞，多么的夺目、潇洒！广阔的边陲，静静的山河，因为这联翩的奔驰增添了不少灵动与豪迈。一个男人，在这样的背景中，应有一种建功立业的冲动。

“白马金羁”这种“高大上”的装备与气场，跟冷兵器时代面对面的惨烈地厮杀，都不协调。但，这恰恰是文人理想中的“白马金羁”的场面了，是后世文人扬名塞外、建功立业的一个理想和招牌。

这个“生乎乱，长乎军”的游侠儿就是曹植的影子。而这个功业的标准就是内定乾坤、外靖胡尘。这也说明建功立业才是曹植的理想。谈到这个理想时，他说道：

戮力上国，流惠下民，建永世之业，流金石之功。(《与杨祖德书》)

竭力为国、惠及百姓、建功立业、留名青史，这才是曹植的理想，也是他看重的地方。所以，曹植的逆反是有原因的。他为何有这样的底气？一是曹植自身的优秀。他的哥哥曹丕七岁学会了射箭与写诗。他也大概如此，不过反应更加敏捷，以至于父子间都有了误会。

这是怎么一回事呢？在曹植十岁的时候，曹操把曹植叫到自己身边。他们父子之间有一段非常严肃的对话：

谓植曰：汝倩人邪？（《三国志·陈思王列传》）

“倩”，这里读“庆”的音，就是央求别人帮忙的意思。

这句话的意思是，你是不是找了个枪手替你写文章？这语气就是非常肯定的怀疑。

放到今天，曹操那绝对是文武兼备、目光远大的“中国好父亲”。曹操不仅自己爱学习，打仗期间一有时间就会读书。这是以身作则，潜移默化地教育子女；可是征战归来，不是抓紧时间享受，而是亲自抽查小朋友们的学习情况，这叫严格要求，立规成习。大家别忘了，曹操的事业比经营一个公司大多了，可在教育孩子的方面，从没有借口。

结果，麻烦来了。在检查曹植写的作文的时候，曹操突然觉得文章的内容、思维、文辞等绝对不是一个十岁的孩子能写出来的。这还了得。所以按照成人思维，曹操马上问了小曹植：“谁替你写的这篇文章？”曹植很委屈，但是不肯示弱，说道：

言出为论，下笔成章，顾当面试，奈何倩人？（《三国志·陈思王列传》）

曹植说：“我说出来就是道理，写出来就是文章，大不了您就当面考我试试，干吗说我请人代笔呢？冤枉人。”后来，曹操修成铜雀台时命其几个儿子登台作赋，曹植还真是当场成文、一气呵成，让曹操不得不另眼看待这个孩子。史书记载是“特见宠爱”，这就是著名的“才高见疑”。

一个优秀的人，他本该就要有这种伟大的对得起自己才华的想法，那就是建功立业。

曹植有底气的另一个原因是，曹操对他的器重。不否认曹操看好曹植的原因是多方面的，但是曹植的文学才华还是曹操首肯的。曹植的好友丁廙曾对曹操说起曹植：

> 当今天下之贤才君子，不问少长，皆愿从其游而为之死。（《文士传》）

这句话的意思是，当今天下的才俊之士，无论年纪大小，都愿意与曹植交往，为之赴死。曹植简直太有魅力了。这个说法很动人，为什么呢？古代的文化掌握在精英手里，而精英在更大程度上决定王朝的命运。但如何走近精英？比权力更有凝聚力的就是共同爱好——诗词歌赋。这种方法维护人才的成本极低，效果最佳。曹魏的人才库居三国之首，这与三曹父子的文学造诣、“外立武功，内兴文学”基本策略是有关系的。

曹操是一个以文学为雅好的人，也懂得文学这种功用，所以对曹植很有亲近感。

《三国志》写道：

> 太祖狐疑，几为太子者数矣。（《三国志·陈思王列传》）

曹操不顾那个时代“立嫡立长”的成规，好几次都要把曹植立为太子，“数”恰恰看出曹操对曹植的器重程度之深。而且多年后发生“病招曹彰”事件，就说明了曹植所受深得曹操器重。

一个旁证

曹彰是曹植的同胞哥哥。曹彰的命运证明了曹植确实曾被极度器重过。但是，我们一直说曹植的第二大不幸是兄弟之不幸。我们前面说过，曹丕没有准备杀死曹植，但是他的兄弟们中间出了一些特殊的事件，这让曹植无比愤慨，也无比绝望。

黄初四年（公元222年），三十七岁的曹植完成了送别诗《赠白马王彪并序》，也就是写给同姓藩王曹彪的诗。这首长诗写出了曹植的另一种痛苦，那就是手足形同陌路的痛苦。我们不再细讲这首长诗，着重看其中这样的句子：

奈何念同生，一往形不归。孤魂翔故域，灵柩寄京师。

这诗句在哭天喊地表达着曹植的悲恸。诗句的意思是，我深深地眷恋着我的同胞兄弟，他怎么就这样一去不复归了呢？他孤单的灵魂早已飞回他的封地，可是他的灵柩还在京师。

曹植这样哭天喊地，这中间发生了什么事情？曹彰死在了京师。要知道，这曹彰可是曹植的一奶同胞。曹操的原配夫人是卞夫人。这位夫人一共给曹操生下四个儿子，其中曹昂当年死在战场上，另三个儿子分别是曹丕、曹彰、曹植。这个曹彰可不一般，站在曹植这一边。这个曹彰长着黄色的胡须，因而曹操经常喊其为“黄须儿”。相比于文武全才的曹植、曹丕，这个曹彰天生是个大力士，从小就不爱读书，每天最喜欢干的事情就是骑马、射箭、打猎……曹彰的喜好，在史书上也有记载：

手格猛兽，不避艰险。（《三国志·任城王传》）

这八字一般人也只能想想而已，绝对的暴力。他与人格斗都觉得没有意思，就得找些猛兽（比如猛虎）做陪练，而且还有个倔脾气，从来不畏艰险。这个“贪玩好斗”的曹彰喜欢逃学，不完成曹操布置给他们的家庭作业——读圣贤的诗书，多次被曹操抓了现行。可是曹操很喜欢他。为什么呢?

有一次，曹操召开了一个关于理想的家庭座谈会，就像当年的孔子把学生们喊到一起谈谈理想一样。他把自己的儿子召集到一起谈谈理想。孔子及其四个弟子的谈话被记录下来，被称为“四子侍坐”。但，很遗憾，曹操这一个没有详细的记录，只有零星的片段。

大家都在谈自己的理想时，率性如子路的曹彰站了起来，结果曹彰脱口而出：“愿为将”。他说，自己想做卫青、霍去病那样的人物，可不能整天写个什么诗文之类的。大家都笑了，这自然让行伍出身的曹操十分感奋；也让曹丕、曹植也放心了：这位根本就不喜欢当皇帝。所以前面我说如果曹彰不站队，他本身并不危险。

曹彰为将的水平怎么样?

公元 218 年（建安二十三年）“全歼乌丸（即乌桓），力屈鲜卑”的壮举，就能展示曹彰的军事才能。（同年）四月，代北乌桓无（能）臣氐等造反，曹彰北上讨伐，结果当曹彰的军队尚未集结，只有步兵一千人，战马几百匹的节骨眼上，叛乱的乌桓族几千骑兵攻到，要是一般将领就慌了神了，因为步兵很难与骑兵对抗，但是曹彰不仅没有乱了分寸，利用步兵拒高坚守，亲自参加肉搏战坚守阵地，还在敌人溃败逃散时，带领着几百骑兵亲自追击。他的铠甲中了几箭，但气势更加雄壮，乘胜追击，直到桑干河，距离代郡有二百多里。在这时，大家都建议穷寇莫追，而且有曹操的命令不能孤军深入。没想到这毛头小子坚决不执行，一反常态，坚决追击，而且发布命令：“后出者斩”。全体将士一天一夜追上了敌人，出击大获全胜，斩首俘虏了几千人。曹彰以超过常例几倍程度来犒赏将士，使得全军没有不高兴的。当时鲜卑族的首领率领几万人马观望双方强弱，看到曹彰奋力冲杀，所向披靡，便请求臣服。

这一仗，让曹操兴奋得要命。这个曹彰往往就成了压轴大戏的扮演者。这也为后来的故事埋下伏笔。曹操病逝后，曹彰被曹丕封为任城王（任城，也就是今天山东济宁市）。而且规定曹彰等藩王，在规定的时间内入朝觐见，平时不能私会（“路人尚酸鼻，何况骨肉情。”——《圣皇篇》）。公元223年，曹植、曹彰、曹彪等人获准入京朝见。这是他们兄弟难得的一次聚首。结果，曹彰死在了京师。

关于曹彰之死，有很多说法。最绘声绘色的当属《世说新语》。其记载了“枣毒曹彰”之事：曹丕猜忌他的弟弟任城王曹彰勇猛刚强。趁在卞太后的住房里一起下围棋并吃枣的机会，魏文帝曹丕先把毒药放在枣蒂里，自己挑那些没放毒的吃。任城王没有察觉，就把有毒、没毒的混着吃了。中毒以后，卞太后要找水来解救他。可是文帝事先命令手下的人把装水的瓶罐都打碎了，卞太后匆忙间光着脚赶到井边，却没有东西打水。不久任城王就死了。

此后，曹丕又要害死东阿王曹植。卞太后的一句话保住了曹植。她说：

汝已杀我任城，不得复杀我东阿！（《世说新语·尤悔》）

卞太后说：“你已经害死了我的任城王曹彰了，不能再害我的东阿王曹植！”这个故事做得很精巧，事件的很多环节滴水不漏，而且也貌似符合当时的情景。但是很多学者就深表怀疑。比如，叶嘉莹先生便怀疑五月份的时候，枣子还未长大，更提不上成熟，哪来的食枣而亡呢？当然还有一个大 bug（即漏洞），当年曹植还没有被封为东阿王，难道卞太后未卜先知；而且曹丕在当太子的时候，私下也曾多次劝曹彰做事要讲究一些，好讨得曹操的欢心，这也说明曹丕对这个弟弟其实没有对曹植那样的戒心。放着曹植不杀，杀任城王也不太符合逻辑。可见，《世说新语》是有意抹黑曹丕的。

我们确实没有证据确定曹丕杀了曹彰。当然曹彰之死肯定也会增加大家的疑虑，人们有所怀疑也正常。所以，不管是因为什么原因，曹彰的死给曹植带来的震撼是最大的。因为曹彰是他的一奶同胞，是除了曹丕外最近的人。现在他在京师暴卒，这让本来就非常敏感的曹植感觉到了一种不祥之兆。而且，曹彰死了，皇族中最坚定的支持者也就彻底丧失了。

也因为这个梦想，曹操自然很好地把握了这个孩子的人生定位。在接班人的名单上，曹彰早早地就被划掉了。不过，曹彰也因此多了一个优势，就是凡是曹操对曹丕、曹植兄弟没法交代的事，都可以交给曹彰去处理。这对父子之间有一种特殊的信任。曹操病危时，曾专门派人速速地把曹彰喊来，要交代一番。不过可惜的是，曹彰赶到时，曹操已经病逝了。那么这次要交代什么呢？

史书透露了一个信息，后来曹彰有机会见到了曹植，他向曹植说明了为何父亲曹操急着召见他。他说道：

先王招我者，欲立汝也。（《三国志》裴松之注）

这句话意思很明白。曹彰觉得曹操在生命最后的那段时间，肯定是想立曹植为接班人，所以才把他专门叫过去就是叮咛他辅助曹植。曹彰有这个判断，虽然不能完全确认，但也是事出有因的。可见，曹操虽然定了曹丕为接班人，但是还是放不下曹植。这个事情足以证明曹操在世时对曹植很是器重。曹植最初所获得的器重之深也就可以想象了。

所以，曹植要这样来报答厚望。

边城多警急，虏骑数迁移。羽檄从北来，厉马登高堤。长驱蹈匈奴，左顾凌鲜卑。

“羽檄”，也就是古代军事文书，插鸟羽以示紧急必须迅速传递，类似鸡毛信。“匈奴”“鲜卑”等词，泛指少数民族。

诗句的意思是，听说边境军情急，侵略者一次次地进犯内地。告急信从北方频频传来，游侠儿“催战马跃上高堤”。随大军平直捣匈奴敌巢，再回师扫鲜卑驱逐敌骑。

那个时候，荡尽马背上的民族的威胁，一直是我们这个农耕民族的梦想。但是，生死事大。我们想问：少年，你就没有过犹豫？曹植是这样回答的：

弃身锋刃端，性命安可怀？父母且不顾，何言子与妻！名编壮士籍，不得中顾私。捐躯赴国难，视死忽如归！

曹植说：“上战场面对着刀山剑树，从不将安和危放在心里。连父母也不能孝顺服侍，更不能顾念那儿女妻子。名和姓既列上战士名册，早已经忘掉了个人私利。为国家解危难奋勇献身，看死亡就好像回归故里。”

“视死忽如归”，也就是今天大家都熟悉的“视死如归”的那个成语的来源。以上诗句，我读过很多遍，很困惑。因为在古诗词中，心中既没有父母、妻儿，也没有自我的“绝情、果决”的少年英雄形象实在少见。因为越是真实的形象越应生有所恋。大英雄西楚霸王项羽，当年在垓下且不说对虞姬如何，就是对自己的宝马也是情深义重的。但是现在我明白了。曹植在如此年少的时候，因为时代、出身、才华与父亲的器重，感觉他自己注定是为天下而牺牲的人。“名在壮士籍”，点他姓名的不是花名册，是他心中的那个已经转化为信仰的理想。放下私心已经成为本能；捐躯为国反而如归故里般坦然。

犹豫是一种正常的人性，果决是一种真实的信仰。所以，在《白马篇》中，在曹植公子气质的词采中，我们读出一种骨气：极具时代感的理想以及为理想献身的担当精神。难怪，南朝的诗歌评论家钟嵘这样评价曹植的诗作：

骨气奇高，词采华茂。(《诗品序》)

一腔幽怨

不过，曹植的这种骨气在他的后半生转换成了一种雅怨，一种在不得志的苦闷中表现出来的雅致的幽怨之气。

建安二十五年(公元220年)正月，曹操病逝。曹植人生的后半段就开始了。这一时期，曹植写出了五言诗名篇《美女篇》。全诗开篇说道：

美女妖且闲，采桑歧路间。柔条纷冉冉，落叶何翩翩。

这几句诗描绘出了一位娴静、貌美的女子在人来人往的十字路口旁采桑，她的周围柔嫩的桑枝轻轻摇动，采下的桑叶翩然飘落。

通常，诗作开篇不专注写人，而是特写美景。我们都知道，生活毕竟艰辛，采桑好歹也是一场劳作，可是这个入场仪式却是这样飘柔、惬意。我们禁不住想问：她怎么可能是一个采桑女？

大幕已经拉开，主角是否惊艳？诗文写道：

> 攘袖见素手，皓腕约金环。头上金爵钗，腰佩翠琅玕。明珠交玉体，珊瑚间木难。罗衣何飘摇，轻裾随风还。顾盼遗光彩，长啸气若兰。

采桑女挽起衣袖便见素手一双，洁白的手腕戴着金镯；她头上插有金钗，腰间还佩戴着玉环，玉体还悬有明珠、珊瑚。清风徐来，衣袂飘飘，顾盼生姿，吐气如兰。

从手、腕、头、腰再到玉体身形，从金环、金钗、翠琅、明珠、珊瑚到罗衣，动静之间，一个人就像一幅画那样舒展开来，一个绝世佳人呼之欲出。顾盼生姿，芳香可嗅，宛在眼前。这样，在美景的舞台上，原本是一场劳作，竟然曼妙得像一个女子独舞。而且出场效果极佳：

> 行徒用息驾，休者以忘餐。

驾车赶路的干脆解开系马的缰绳，让马尽情地吃草，他们自己原地休息；劳作的人则忘记了老婆送来的饭菜，也全然不顾爆发家庭矛盾的危险：所有人都为这位佳人所吸引。

曹植是个擅长学习的诗人。这首诗看前半部分，就是另一篇《陌上桑》。《陌上桑》里的美女秦罗敷就是这样出场的，而且效果也不差，两边在地里劳作除草的农夫，目不转睛地看着秦罗敷，甚至忘记自己正要耕种、锄地；还有一些行路人只因为在人群中多看了罗敷一眼，再也没能忘掉她的容颜。然而，回过头来，发现老婆在一旁怒目圆睁。诗文轻描淡写道：

耕者忘其犁，锄者忘其锄。来归相怨怒，但坐观罗敷。

这个罗敷之美，可见一斑。从汉乐府中学来的侧面烘托写出了美女之美，就让我们更疑惑了：请允许我秀一下成语来描述我的感觉。这位佳人真是天生丽质、倾国倾城、珠光宝气、雍容华贵、秀外慧中、风华绝代。但问题是带着这么多装饰是来干活的吗？都如此华贵了，还采桑干嘛？我们又要问了：她怎么可能是一个采桑女？

那么，这位佳人到底居住在哪里？身世如何？很多人禁不住要打听，“窈窕淑女，君子好逑”嘛。

借问女安居，乃在城南端。青楼临大路，高门结重关。

“青楼”，就是涂了青漆的楼阁。“重关”，就是重重的院落。

她就住在热闹的城南的一条大路附近的楼阁里，高高的门第院锁重楼。通俗地说，这位女子居住的就是像今天的独立别墅区。在北京市区，我们拼几辈子都未必能够达到这个标准，可见她绝非寻常人家出身。

曹植手法再高妙也挡不住我们桑林三弄：她怎么可能是一个采桑女？这个神秘的采桑女到底是何方神圣？

重要的事情已经说了三遍，是时候解开这个美女的身份之谜了。这个美女就是曹植。当然，不是曹植有七十二般变化，一个咒语就变成了美女，而是写诗的时候采用了比兴手法，也就是一种象征或者打比方的写法。这种写法是《诗经》《楚辞》常用的传统手法。在诗中，美女常用来指贤臣志士或者明君圣主。诗人用美女的婚恋来比喻政治上君臣关系：人尽其用，君臣相得那就是美满。比如，我们读屈原的《离骚》时，不要因为屈原有追求美女的描写就认为屈原是个花花公子，他这是求明主；也不是要看到屈原以美女的口吻祈求君王的爱慕青睐，就认为屈原"出柜"（即为向他人公开自己的性取向或性别认同的行为）了，他这是求圣君。网上有些对屈原荒诞的看法，恰恰源自无知。

所以，前面所讲过那个采桑女风华绝代写出了曹植独树一帜、才华无双；采桑女高楼独居，写出曹植出自名门、正当壮年。这样的写法也许不直白，但是毕竟斯文。斯文才是读书人独有的高贵。于是，我们特别想知道这位"佳人"的命运？诗歌写道：

容华耀朝日，谁不希令颜？媒氏何所营？玉帛不时安。

美女的容光如同早晨的阳光，谁不爱慕她的美貌、为之倾倒呢？人是才貌双全，居住在繁华易见处，然而"嗅觉"最灵敏的媒人在哪里？为何如此反常、迟迟不肯送来聘礼，订下婚约呢？令人唏嘘，这位佳人成了剩女，实际上也写出了最终曹植怀才不遇、建功无门的处境和结局。

媒人就是推荐者，他们为何没有出现？大家都知道，曹丕当权后，采用了弱干强枝的策略，棋走两步：第一，就是把同姓王，也就是这帮兄弟们包括曹植一概不用，多用外姓王或者大臣这些"枝"，来牵制前者的力量。而且还很贴心地给他们安排了监国使者监视藩王，这样免得祸起萧墙。第二，给弟兄瘦身，缩小他们的封地规模，减少他们食邑的户数，铲除他们的羽翼，以免做强做大、东山再起。

很明显这是针对最大竞争对手曹植的。此时，打压诬陷曹植来讨好曹丕还来不及呢，还有人不明就里地顶风推荐？

公元221年发生的“醉酒贬爵”就足以说明问题。喝酒是一桩小事，但曹植喝出了大麻烦。

公元220年，曹植到他哥哥曹丕给他指定的临淄国（今天山东淄博市）就任，爵位为临淄侯。曹植对这件事有意见，因为他明白一旦就任封国，他就不能随时回来朝觐，探望母亲，更重要的是从此要与一干兄弟天各一方，再无交集，今生永绝了。所以，曹植心里苦。“何以解忧？唯有杜康”，喝酒。

结果，监国使者上奏：曹植醉酒，态度傲慢，威胁使者。

奏植醉酒悖慢，劫胁使者。（《三国志》）

有关部门接到奏报，强烈要求皇帝治罪。因为卞太后的干预，最终只是贬爵一级，从临淄王贬为安乡侯。这还不算，他还被不断地调整封地。

对藩王来说，喝点儿小酒，发个脾气，原本都不是事，但是都能惊动整个朝廷，上升到法律程序，还不得不让母亲出来调解，最终还要贬爵改封，这明摆着就是告诉曹植：“独善其身就已经不错了，至于报效国家，不好意思，你没资格。”而且曹植发的这个脾气，看似无名火，实际上那是间接地对曹丕这位兄长的抗议。

曹植在诗中说道：

佳人慕高义，求贤良独难。

美女贵而不俗、秀外慧中，爱慕的是品德高尚的人，但要想寻求一个贤德的丈夫实在很困难。有才不易，有用更难。

所以，清人王尧衢特别理解这种苦衷，他说道:

子建求自试而不见用，如美女之不见售，故以为比。(《古唐诗合解》)

这句话的意思是，曹植请求朝廷任用不得，志士怀才不遇，就如同美女不嫁。纵使你留人间多少爱，结果总不免红颜命薄；纵使你学富五车、才高八斗，只要不屈从流俗就只能报国无门、壮志难酬、郁郁而终。一个女子的爱情悲剧与一个士人的人生悲剧如出一辙，心酸别无二致。

这就是曹植笔下“桑田美女”的象征意义。如果说，“白马金羁”代表了文人的理想，那么“美女桑田”则代表了文人的壮志难酬的宿命以及幽怨。但是，曹植如何应对呢?

众人徒嗷嗷，安知彼所观？盛年处房室，中夜起长叹。

美女的理想不是一般人所能理解的。俗人吵吵嚷嚷，议论纷纷。他们哪里知道佳人所看重的东西呢。阴差阳错，美女正当青春盛年而独居闺中，忧愁怨恨，深夜不眠，只能发出长长的叹息。“盛年长叹”说明曹植不肯迁就屈从，但也不可能有别的方案。既然世无君子，那只能是任年华虚度，看时光流走。

曹植为何这样无奈？因为他也知道获得信任是一件难事。信任一旦与权力有了交集，建立极难，失去极易。平心而论，曹丕再有度量，也不可能对最大的竞争对手放弃警惕之心。竞争曹操嗣位的失败者，也不

可能没有代价。朝廷竟然制定了“曹植特规”给曹植以特殊“照顾”:

又值以前过，事事复减半。(《三国志》裴松之注)

因为曹植前面的过错，曹丕颁布了特殊规定，一切待遇按照应有的一半处理。而实际上，这都打了折扣。曹操在世的时候，最高食邑一万户。曹丕即位后，规定藩王食邑五千户。第二年，因为监国使者上奏的“醉酒贬爵”的事件，曹植被贬安乡侯后食邑约为一千五百户，后来才恢复到其他诸王的一半为两千五百户。这说明曹丕从物质上制裁了曹植，也限制了他的力量。

所以，因为权力之争，曹丕和曹植虽说是兄弟，但实际形同路人。在这种情况下，曹植只有“佳偶难遇”“老女不嫁”的份了。

一个人在盛年的时候，理想就夭折了，这就是对人的最大惩罚。前面提到过钟嵘曾说曹植“骨气奇高，词采华茂”，但是因为曹植的失意，钟嵘还贴心地说:

情兼雅怨，体被文质。(《诗品序》)

这十六个字说明“白马金羁”“桑田美女”两个意象就是曹植一生的缩影。至于后来他又写了一系列的诗歌，比如，《浮萍篇》《吁嗟篇》《远游篇》《当墙欲高行》等，也只是变化了各种可能用来抒发幽怨的手法。但这种情怀一直伴随其后半生。

不过，常言道:“塞翁失马，焉知非福?”也正是这种特定的境遇，成就了曹植的文学高度。客观来说，在开创性上曹植不如父兄。曹操、曹丕父子合力“砍下”了文学史上六七个“第一”，包括曹操首先改造了汉乐府、《诗经》，开创了“诗史”的写法，留下了第一首山水诗等；曹丕写出了第一篇文论《典论·论文》，第一首完整的七言诗《燕歌行》等。这些都是文学史上空前绝后的壮举。

曹植没有“第一”的头衔，但是他却成为一代“诗宗”，被认为是三曹父子中的集大成者。那又是为什么呢?

我们其实不难发现，理想愈是伟大，失意愈是彻底，文学作品就愈是有爆发力。上天把贵公子的出身、藩王的身份、建功立业的理想、良好的文化修养、形同囚徒的生活，一股脑儿地加在曹植身上，让它们在时代大熔炉中、在曹植心中肆意地发生化学反应。

我个人认为，曹植在文学上达到了三个高度:

第一个高度是，后半生宅在藩国里的曹植创造了大量五言诗，以实际成绩奠定了五言诗地位。汉末五言诗《古诗十九首》就已经对后世的诗歌产生了巨大的影响，曹植把这个进程大大地推进。曹植的诗歌中，五言诗居多。

第二个高度是，曹植身处困境。他的抒情冲动让他开拓了诗歌的抒情功能，让诗歌成为文人生活必需品。最终，文人诗撼动并替代了民歌的优势地位，比如他的大量抒发个人情怀、哀叹自身命运的《鰕䱇篇》等诗篇。可见乐府就被名正言顺地“偷梁换柱”了。

第三个高度是，曹植汲取《诗经》《楚辞》和汉乐府三者的精髓，凝练成一种典雅幽怨与气骨兼具的气质，温柔敦厚自成一体，独领风骚。说得形象一些，就是出现中国诗歌之后的第一次“超级”整合，这让后世都没法创新了：能想到的诗歌排列组合，曹植已经做到了极致。后世的诗人一提起曹植，感情都蛮复杂的。可以说，曹植代表建安时代所有的文学家为中国文学或者文化交上了一份相当满意的答卷，这应该是曹植这位真正的“陪太子读书”的人物一生最大的贡献。所以，我们说他的文学才华是第一流的。

但是，我们又有疑问：他的政治才华如何？他的不幸与自身有何关联？

请看下一章：高树悲风。

第九章　高树悲风

高树多悲风，海水扬其波。利剑不在掌，
结友何须多？不见篱间雀，见鹞自投罗？
罗家得雀喜，少年见雀悲。拔剑捎罗网，
黄雀得飞飞。飞飞摩苍天，来下谢少年。

——曹植《野田黄雀行》

上一章我们已经说过，曹植有一流的文学才华。于是，大家又开始好奇他的政治才华。但很遗憾地告诉大家，他的政治才华并不怎么样，远远不及其文学才华。

存真去伪

其实古代就有人既怀疑曹植的文学才华，也怀疑他的政治才华，除了明清之际的王夫之，恐怕最有先见之明的就是梁朝的僧人刘勰了。

不像大多数和尚吃饭撞钟，他闲暇时写了一本看名字就觉得很高大上的书——《文心雕龙》。隋唐之前的大多数诗人的名字以及其文学创作特点能为后世所知，都要归功于刘勰做和尚那十几年努力写成的这本著作。

不过，写到曹丕、曹植兄弟的时候，刘勰突然大发感慨，并留下一个“刘氏之惑”：

> 但俗情抑扬，雷同一响，遂令文帝以为尊减才，思王以势窘益价，未为笃论。（《文心雕龙·才略》）

“文帝”，即魏文帝曹丕；“思王”，即曹植生前曾为陈王，死后谥号思，故称“陈思王”“思王”。

虽然这是一个肯定句，但是刘勰是要表达疑问的意思。这句话的意思是：大家都抱着从众心理，人云亦云，只是因为曹丕是胜利者就加以贬损，曹植失败了就抬高他的身价。不平心而论，这样对吗？

很可惜，这个很有见地的发声被忽略了，因为大家都习惯同情弱者。大家接受并熟悉的是“七步成诗”这样的故事：曹丕即位后，他要除掉最大的对手曹植。但是擅杀胞弟这件事要是被史官记下来，他就是后世代代人的反面教材。于是他想了个办法：你不是有才吗，好，那就用你的才华杀你。他趁曹植上朝的时候，很严肃地对曹植说，别人都认为你很有才，那我想试试。你要七步之内赋诗一首。不过你要做好心理准备，不能“七步成诗”的话，我就只能挥泪斩兄弟了。还别说，这个曹植真争气，不但“七步成诗”，还讽刺了曹丕，让他颜面无存。他边走边吟诵道：

煮豆持作羹，漉菽以为汁。萁在釜下燃，豆在釜中泣。本自同根生，相煎何太急？（《世说新语》）

这就是那首人们熟知的，“煮豆燃豆萁，豆在釜中泣，本是同根生，相煎何太急”。曹植借这个制作豆豉、豆汁的过程，形象地描绘了手足相残的悲剧，讽刺曹丕心狠手辣，毫无兄弟之情。曹丕的脸都红透了。

听了这个故事大家很解气。但是有一个问题摆在眼前：这个故事与诗是真的吗？故事不是真的。这首诗也未必是曹植所写。最直接的证据是曹植未必有性命之虞。为什么这么说呢？

一是简单不可信。在历代皇帝中，曹丕的智力水平也属于中上等。

在朝堂之上，找这么一个简单的借口就杀死自己的亲弟弟，你信吗?

二是嚣张不可能。皇帝是史书的主角。古代有专门记录皇帝言行起居的史官，要是史官记录下来，这就是曹丕的一个污点。想留名青史的曹丕还不敢嚣张到这地步。

三是度量不相符。其实曹丕的度量很大，他没有杀死汉献帝，让其终老富贵乡；他礼遇拒绝效力曹魏坚持为东汉“守孝”的老臣；对夺嗣的最大对手弟弟曹植最终也没有下手斩草除根。任何一项都不容易做到，三项全达标的皇帝没有几个。比如，李世民不仅杀了兄弟，还杀了哥哥的十几个儿子。我们之所以担心曹植是因为低估了曹丕的度量。

四是诏令不可违。曹丕曾写过这样一个诏书:

> 植，朕之同母弟。朕于天下无所不容，而况植乎！（《三国志》裴松之注）

对曹植而言，这诏书相当于一个免死金牌。诏书是给天下人看的，是一个国家最大的公信力，事关国家颜面。对曹植的处理意见，曹丕经过深思熟虑。不杀曹植，除了人伦常情之外，曹丕也明白一点，一个活着的曹植比一个死了的曹植更有意义，只要曹植还在，曹丕就是可以随时拉选票，提升民意的。所以，故事很可能是“热心人”的杜撰，诗也很可能不是曹植所写。

对此，正直的明朝人张溥这样说:

> 霸朝初创，力更旧辄，至待山阳公以不死，礼遇汉老臣杨彪不夺其志，盛德之事，非孟德可及。

这位张溥就是著名的《五人墓碑记》的作者。不得不说，他的见识不是一般的通达，真不愧是一代文宗!

野田黄雀

曹丕就这样放过曹植了吗?

当然也不会。因为一山难容二虎，曹植要是留在朝廷上，大臣们又该左顾右盼了。所以，上一章我们说过，曹丕采取弱干强枝的方式，封曹植为藩王外放的同时铲除曹植的羽翼。公元220年，曹操病逝后，曹丕继任魏王，火速地展开行动。一个月后，曹植写了一首诗《野田黄雀行》，诗歌一开篇便道:

高树多悲风，海水扬其波。

这首诗一开篇便描绘了这样的情景：高树秀于林，却为悲风笼罩；大海本来平静如常，突然波涛滚滚。这是比兴的手法，表达一种山雨欲来风满楼的情境。

出了什么事？曹植继续说道:

利剑不在掌，结友何须多？不见篱间雀，见鹞自投罗。

这诗句的意思是，如果你没有强大的权势，为何要结交那么多朋友？就像篱笆间的黄雀，没有外援，可以不被鹞子吃掉但还是免不了被设下的罗网捕获，在劫难逃。最让人惊讶的是前两句的意思：没有强大的权势，就不必交朋友。不客气地讲，多数中国人的逻辑恰恰与此相反。曹植为何这么说？

因为他的朋友丁仪、丁廙兄弟这对“黄雀”出事了。为何要首先从丁氏兄弟开刀呢？丁氏兄弟的父亲曾在危难的时候帮助过曹操，用今天的话来讲，他是战场上替曹操挨过刀的兄弟。曹操投桃报李，很器重丁氏兄弟。前面我们讲过曹操秘密组建的接班人选拔“五人小组”，除了崔琰，还有丁氏兄弟二人。而且，丁氏兄弟的态度很明确、果决——我们选曹植。

对曹植越是尽力，在被曹丕诛杀时，就越是无助。《三国志》这样记载道：

> （丁仪）乃对中领军夏侯尚叩头求哀，尚为涕泣而不能救。（《三国志》裴松之注）

当时曹丕希望丁氏兄弟自裁，可是人总有很强的求生欲望，谁也不想死呀！丁仪苦苦地哀求前来传达旨意的曹丕的发小夏侯尚。这个夏侯尚本是重情义的人，这次也非常够意思，他冒着被曹丕猜忌的危险，哭着为丁仪求情，但并没有什么用。欲加之罪，何患无辞？于是，曹丕找出一个丁仪兄弟的失职之处，作为证据和借口，把丁仪兄弟给杀了。

那么曹植有办法吗？

> 罗家得雀喜，少年见雀悲。

以上诗句的意思是，设下罗网的人很高兴地捉住了黄雀，在一旁看见的少年心生悲伤。这个少年的心境就是当下曹植的心境。别人对自己百分百的忠诚，自己对别人百分百的无以报答，这种歉疚感不言而喻。胜利者的示威，就是失败者的痛楚。所以，曹植才有了这句愤激的话：没权没势，别交朋友。

大家都知道，如果曹植是胜利者，就不会发生这惨剧了。但问题是文学才华独领风骚的曹植为何会失败呢？曹植失败的根本原因，我们在后文再剖析。但是需要明确的是文学才华高并不能必然带来政治上的胜利，比如“北征送别”。曹操有一次远征，儿子们、大臣们都来送行。这时候，曹植当众吟诵了他写的一篇诗赋，赞颂他父亲的功业。这篇诗赋辞藻华丽，文采飞扬。大家听完之后，给它打了满分。曹操也很满意。曹植看起来又一次抢得先机。但是，曹丕来到曹操面前，什么文章也没有念，他干什么了呢？史书记载道：

世子泣而拜，王及左右皆歔欷。（《三国志》裴松之注）

在拜别的时候，他趴在地上不起来，泪流满面。确实，每一次远征都可能是最后一次，那一刹那，人们都懂得：世间宝贵的是真情。父子间的那种挂念与留恋，使得一生戎马倥偬的曹操也红了眼圈。大臣、将士们都被这父子之情感动，也跟着流泪不已。

当然，史书说，曹丕这么做有高人指点，但是别忘了曹丕自十岁起，跟随他父亲南征北战，与父亲相处时间长，也在意这份父子之情。不排除他是本色出镜。结果，相形之下，曹植的文学才华的优势，不但在政治上不能加分，还暴露了曹植华而不实的软肋。曹植被人打了个防守反击，自然更没能力去营救朋友。

那失势的曹植怎么办？想象与麻醉。

拔剑捎罗网，黄雀得飞飞。飞飞摩苍天，来下谢少年。

从诗句中，我们可以看到，这个抱打不平的少年拔出利剑把罗网斩断。得救的黄雀可以盘旋飞翔了，盘旋着冲向云霄，但他没有忘记救命恩人，又飞下来感谢这个救它的少年。

曹丕胜利的大局已定，哪里还会有什么逆袭的可能？自己也只能通过假想这样的一个少年英雄来缓解内心的痛苦，麻醉自己。活到这个份上，再联想到前面说过曹植名为藩王实为囚徒的生活，就不难理解曹植后半期的诗歌的兢兢战战，幽怨满腹，苍凉与无助的悲风了。所以，在政治上曹植是一个可怜的失败者。

咎由自取

但是，俗话说得好，“可怜之人必有可恨之处”。曹植也不例外。曹植的可恨之处在哪里？一是文学才华让他蒙蔽了他自己真实的政治水平，错把发牢骚的水平等同于政治的能力；二是“白马金羁”般任性洒脱的性格，让他错失大好局面。说实话，曹植与曹丕在争夺继承权的斗争中，不能说谁更高尚。但是，曹植确实表现出了政治上的幼稚之处，在政治斗争中多次不及格，甚至交白卷。陈寿对曹植的失败原因有他自己的见解：

植任性而行，不自雕（彫）励，饮酒不节。（《三国志》）

他的意思是，曹植过于任性，而且不知检点，醉酒成性。曹植不仅写过《白马篇》，他也写过年少轻狂的《名都篇》。有理想，也有优渥的生活，少爷脾气都难以自我克制，就别提锻炼高超的人际平衡能力和理政能力了。陈寿非常高明地用一个“酒”字，就把曹植的种种政治低能集结起来。别人喝酒误一时，曹植喝酒误一生。

为何这样说呢？政治斗争是一件大事，但是往往取决于一念。

比如，“醉开司马门”就是这样的。司马门究竟是在邺城（河北省临漳县境内）还是在洛阳，目前还没有定论。但没有疑问的是处于大路中央的司马门是当时的禁地，只有皇帝才能通行。而且曹操曾下令，任何人未经允许不准通过。所以，这个底线是不能碰的。结果喝酒喝高了的曹植，任性得很，不顾看守者的苦苦相劝，命人打开司马门，而后从中穿过，还在那条大路上“飙车”。

曹操希望儿子们守礼自律。这次曹植酒后无脑的做法让曹操很失望。曹操一怒之下，把看守司马门的小吏给斩杀了，显然这个小吏是替死鬼。然而，曹操还是余怒未消，史无前例地连发了三道命令：《曹植私开司马门下令》《又下诸侯长史令》《立太子令》，点名批评了曹植，要求各级官员严格约束家属行为，并立曹丕为太子。于是大家便看到曹植激怒曹操后，失去了信任、落选了。

但这还不是最糟糕的。最糟糕的是什么？随后发生的“醉酒失信”，让落选的曹植在嗣位竞争中彻底出局。

建安二十四年（公元 219 年），南方战事吃紧，关羽水淹七军，将曹仁围困于樊城。就在这时候，曹操派曹植前去营救。大家都不理解，关羽风头正盛，除了曹操，谁还能有把握？但是其实大家都不明白曹操的心思，这是一个父亲的良苦用心。曹操之所以要曹植担此重任，无非是希望他建立军功，将功补过，抵消过去的负面影响，先不说东山再起、扭转败局这样的事，起码给他曹植攒一些政治资本，争取一个弹性空间，在被曹丕为难的时候，还会因为这样一件功勋，有人肯为他曹植说话。所以，安排的任务越是艰巨，用心就越是良苦。

结果，等到第二天，就要出征的时候，大军统帅曹植却不见了。当曹操派人把曹植找来的时候，他还没有醒酒，要是放在今天估计都得送医院抢救去了。曹植的这个错误已经突破父亲曹操的最大的容忍限度。别说是曹植了，就是我们也不会犯呀！曹操能不失望吗？如果这样的曹植做了皇帝，老百姓能放心吗？那些从头到尾都支持曹植的人也可以想象一下，如果你们赶上曹植这样的皇帝，你们的命运会如何。

可见，在政治上，曹植的智力和能力完全没有达到他在文学上的那个水准，他的性格注定了悲剧的一生。加上前面我们所讲到的，当年杨修在协助曹植时犯下种种错误，又赶上曹植的老婆爱好华衣丽服，破坏了曹操制定的要求节俭的家规，惹恼曹操……最终，曹植落于下风，没了争嗣的资格。

徒有《怨歌》

在政治上，难道曹植没有任何转机吗？

有机会，但是或许是造化弄人。也应了那句话，“祸不单行”，悲剧一旦发生就是连锁的。我们这里说的造化弄人、空留遗憾主要表现在两件事上。

一是曹丕早逝。我们前面说过曹丕在公元 225 年曾到广陵阅兵，讨伐东吴，最后无功而返。在回来的路上，曹丕专门来到曹植的封地，与兄弟曹植相见。兄弟两人聊了很久。临走的时候，他还特意给曹植增加了五百户人口。曹丕才释放了一个和解的信号，但无奈，令人惋惜的是：曹丕第二年就驾崩了。

二是谣言中伤。继位的曹植的侄子魏明帝曹叡怎么样呢？最初，叔侄两人表现出相对友好的态度。曹叡即位后，曹植还曾经写了《惟汉行》《当欲游南山行》《当事君行》等一系列的诗篇给曹叡，以叔叔的口吻开导曹叡要做一位明君，比如，曹植写《惟汉行》勉励曹叡说：

明主敬细微，三季瞢天经。二皇称至化，盛哉唐虞庭。禹汤继厥德，周亦致太平。在昔怀帝京，日昃不敢宁。济济在公朝，万载驰其名。

诗行中，曹植表达了对曹叡的要求：要做事谨慎细微，国家大事马虎不得。老叔我可有经验。只要国家事无大小，励精图治才有希望。诗行中也表达了他对曹叡的勉励：“老叔我希望你要以当年的三皇五帝为榜样，向他们看齐，那样我们曹家就可以因你而留名青史。”诗行中更有对曹叡的警示：“老叔我记得，当年你父亲做皇帝的时候，每天都勤于政务，为国家披肝沥胆，这种作风不能丢。最后一言蔽之，留名青史的事情你一定做得到，也要这么做，老叔看好你！”

而且曹植还上书《求自试表》，准备辅助曹叡成就大业，他自己也完成“金石之功”。

就在大家以为曹植的苦日子要熬到头的时候，没想到的是，公元231年曹植很急切地写下了他的代表作《怨歌行》。

为君既不易，为臣良独难。忠信事不显，乃有见疑患。

这几句诗的意思是，做国君的不容易，做臣子的就更难了。那么臣子难在何处呢？做事越是忠心诚信越不容易被发现也就罢了，反而屡遭猜忌怀疑。

这样的牢骚，皇帝很容易看到，因为每个藩国身边都有监国使者监督。也就是说，曹植如果不是想拼命，那大概想救命了。

曹植、曹叡叔侄之间出了什么问题？原来是因为一个子虚乌有的“迎立曹植”，曹叡戒心再起。

公元231，曹叡巡狩长安。没想到洛阳便传出谣言说曹叡驾崩，众大臣要迎立曹植为帝。整个朝廷，包括曹植的母亲卞太后，都非常惊恐。大臣们担心的是国家会因为这个突发事件发生巨变。而这位当娘的卞太后还多了一层担心：四个儿子中，三个已经在自己前面走了，现在只剩下曹植一个。如果孙子曹叡驾崩一事子虚乌有，那这个谣言就把曹植给陷害了。结果曹叡平安回到洛阳时，谣言不攻自破，卞太后赶紧想方设法劝阻孙子千万别杀曹植，而且她还想了一个办法：查出谣言的始作俑者。

史书记载，曹叡是这样说的：

天下皆言，将何所推？（《三国志》裴松之注）

他说：“天下人都这样说，去找谁呢？有用吗？”言外之意，哪有空穴来风的道理，大家为何不造别人的谣言，偏偏造我叔叔曹植的谣言。

皇帝曹叡的这句话有杀气，曹植性命攸关。幸运的是，曹叡还是控制住了情绪，没有威胁曹植的生命安危。不过，曹叡起了戒心。自此，曹植为国效力、留名青史的希望实为渺茫。

在这微妙时刻，曹植是怎么解释的呢？《怨歌行》写道：

周公佐成王，金縢功不刊。推心辅王室，二叔反流言。待罪居东国，泣涕常流连。

“金縢”，即用金属封好的用来储藏文件的柜子，相当于今天的保险柜。“二叔”，即“管叔”“蔡叔”，周公的弟弟。“东国”，指周公流亡过的楚国。

诗句的意思是，周公辅佐幼年的周成王，他那件金縢藏书的大功没人知道。他推心置腹地辅佐王室，反而遭到兄弟、亲人的误解，后来还不得不出国避难，常常伤心地对天哭泣。

“金縢藏书”是怎么一回事？周公又为何这么委屈？

原来，周公的哥哥周武王又一次染上重病，眼看就没救了。周公看在眼里，急在心里。他向苍天、列祖列宗祈祷：“我愿意代哥哥去死。”而且，有这样一个根本不是理由的理由，直到今天还让人热泪盈眶：

旦巧能，多才多艺，能事鬼神。（《史记·周鲁公世家》）

“旦”，就是周公的名字。

他说：“上天您让我（代替我哥哥）去死吧。我多才多艺，能侍奉好各位，我哥哥他不成。”事后，他把这段祈祷词写在策书上，用金属柜子封存起来，不让任何人知道。

今天，即使你无所敬畏也不敢这么说，不怕一万就怕万一。在那个“听天由命”、深信苍天在上的时代，能对天说愿把命交出来的，可不是作秀，是一种大勇气、大忠诚。

不过，看不见的忠诚，招来的却是猜忌。首先是自己同胞兄弟的猜忌。周武王死后，周公辅政。一位政治老手辅佐年幼的新王，周公的弟弟管叔、蔡叔就说他的哥哥周公对国君的位子有非分之想，甚至不惜联合他们的敌人（也就是殷商的遗民）来公开反对周公。周公万般无奈，不得不讨伐自己的这两个亲弟弟，流放的流放，杀的杀。招来的最可怕的是侄子周成王的猜忌。为了避嫌，等到周成王长大后，周公把自己努力经营的权力毫无保留地交还给了周成王。结果呢？周成王抱着一种“宁可信其有，不可信其无”的态度对待周公。最困难的时候，周公甚至不远数千里，逃到远离国都的楚地避风头，乞求周成王的谅解。周公比窦娥冤多了。“感天动地”是必然的：

皇灵大动变，震雷风且寒。拔树偃秋稼，天威不可干。素服开金縢，感悟求其端。公旦事既显，成王乃哀叹。

诗句描绘了这样的情景。据说，周公病逝时，突然天象大变，雷声阵阵，树木庄稼被摧毁，天威大怒。当周成王穿着素服打开金縢，寻找应对之策时，才发现里面的祈祷策书，大为感动，但是斯人已逝。

曹植为何要大费周章地讲这么一个故事？要知道曹操、曹丕也都提到过周公，但是都是一笔带过；曹植提到了周公却说得如此细致冗长的原因有两个：一是申辩要格外小心。曹植曾想面见曹叡，但是曹叡并不想见他，也只能通过这种方式来申辩了。向皇帝申辩，这话说起来要格外小心，说过了、说错了、说不到点子上都不行，结果找吧来找吧去自然就说的很多。二是表心迹至关重要。这是非常重要的一次表明态度的机会，弄不好就是最后一次。他得清楚地告诉曹叡：“我曹植愿为赤心周公。”

周公这个在曹植后半期的诗歌里才反复出现的人物，含义丰富：一来是以“周公”自况，代表着曹植对曹丕父子的权力的认可。曹植厌倦了纷争，随着曹丕病逝，他们之间的恩怨也就结束了。而且其实曹植不是不明白，在继承权上，曹丕即位比他更有理。

我们补充一个插曲：曹操的选择接班人的“五人小组”里的一位大名士崔琰，他的侄女婿就是曹植，可以说，他与曹植有着自然的亲近的理由，但是，在曹操极其秘密地向“五人小组”的几个亲信调研“王嗣”问题时，崔琰却态度坚决地支持曹丕。

他的理由是，第一，曹丕比曹植更有领袖才能；第二，曹丕相当于嫡长子，立长才是不二选择。关键是，崔琰不仅有明确的立场和根据，更重要的是他的做法让人震惊。史书上这样写道：

唯琰露板答曰。(《三国志·崔琰传》)

“板”，代指奏章。因为最早的时候，大臣奏事要写在笏板上，还要缄封。“露板”，顾名思义，就是没有缄封的奏章。

崔琰明目张胆地写成了奏章，这就是不仅支持曹丕，而且还昭告天下，公开地为曹丕拉票，明白地将了他一军，让他没有太多退路。崔琰不是一时起意，是有强大的社会舆论、政治惯例作支撑的。

曹植要学会放下，就必须尊重现实。这代表着曹植给自己最准确的定位是辅政。他曾在名作《丹霞蔽日行》中无不艳羡地说道：

周室何隆，一门三圣。

这个三圣人就是周文王、周武王、周公父子三人。周公的家庭、身份跟曹植的相似。文王有两个了不起的儿子武王与周公，曹操有曹丕与曹植；周公在哥哥武王驾崩后，辅助年幼的成王，实现大治；曹植也是在哥哥英年早逝后辅助年幼的侄子曹叡成就大业，这是他对王位没有想法的体现，也是他非常反感手足相残之事的表达。

曹植多次提到周公，是想让曹叡明白他根本不会觊觎权力，他想要的是一种尊严与认可，而不是敌对与猜忌。

这是曹植在晚年最大的一个转变，是在为他的理想寻求另一个出路。

曹植有希望吗？不好说，因为曹植隐约地感到了一种忧虑：

> 吾欲竟此曲，此曲悲且长。今日乐相乐，别后莫相忘。

这是诗歌的套话。言外之意是说，我说完了，但是希望你多思考，就像虽然音乐结束了，但我们不要就此相忘。

曹叡很冷静地处理了这个事情，他没有伤害曹植，还给了他一些特殊的照顾，但是他永远不会答应叔叔的那个建功立业的请求。命运好像一张天网，毁灭了曹植的所有希望，包括他的志向。即使他把自己所有的心声再三言说，也没有得到曹叡的重视。所以，曹植的人生也只能以壮志难酬作为结局了。

曹植的一辈子不是很冤枉。如果说，还有委屈，那可能就是把这一生都奉献给了诗作。我们也认为，一直不肯重用曹植的曹丕父子用两代人接力的方式，间接地成就了曹植的文学地位，让他有机会为建安文学画上完美的句号。

这样的悲剧给我们留下了深刻的印象。曹植的政治生命就像一朵花，失去朋友，就失去了叶子；失去兄弟，就失去了花瓣；理想无门，花也就凋零了。也正是这种同情让我们走进了曹植的诗歌，了解了他卓越的文学才华和他的瑕瑜互见的人生。沧桑与缺憾，则是真实的人生。

不过，常言道："失之东隅，收之桑榆。"白马金羁、桑田美女，还

有高树悲风、赤心周公。一个视辞赋为雕虫小技的政治悲剧人物却阴差阳错地成为一代诗宗。所以，晚清诗人文廷式曾说道:

生人之祸患，实文章之幸福。

换句话说，荣誉是苦难的勋章。曹植的文学生命却逆境中绽放，本来只是一介贵公子的曹植，因为朋友的不幸，明白了世事沧桑；因为手足的不幸，情兼雅怨；因为“理想挫败”，变得绚烂至极，艺术之花盛开在中国文学的殿堂。上天为他关了一扇门但又开了一扇窗，不致让他一败涂地。

公元 232 年，在曹操离世后的第十二年，曹丕驾崩后的第六年，曹植追随父兄而去。在政治上已经结束了十二年的“建安时代”，在文学史上也落下了帷幕。

建安时代早已远去，但是，我们还是希望通过《诗歌三曹》引发大家的沉思。

三曹父子，是政治史上的传奇，也是文学史上的璀璨的明珠。正因为有他们在，中国文学才有了那种风骨遒劲的慷慨气度；正因为有他们在，三国历史才没有那么苍凉，才多了一丝温情与回忆。

附录 三曹诗选

曹操诗选（十五首）

曹丕诗选（二十首）

曹植诗选（五十首）

曹操诗选（十五首）

度关山

天地间，人为贵。立君牧民，为之轨则。车辙马迹，经纬四极。黜陟幽明，黎庶繁息。於铄贤圣，总统邦域。封建五爵，井田刑狱。有燔丹书，无普赦赎。皋陶甫侯，何有失职？嗟哉后世，改制易律。劳民为君，役赋其力。舜漆食器，畔者十国，不及唐尧，采椽不斲。世叹伯夷，欲以厉俗。侈恶之大，俭为共德。许由推让，岂有讼曲？兼爱尚同，疏者为戚。

薤露行

惟汉二十世，所任诚不良。沐猴而冠带，知小而谋强。犹豫不敢断，因狩执君王。白虹为贯日，己亦先受殃。贼臣持国柄，杀主灭宇京。荡覆帝基业，宗庙以燔丧。播越西迁移，号泣而且行。瞻彼洛城郭，微子为哀伤。

蒿里行

关东有义士，兴兵讨群凶。初期会盟津，乃心在咸阳。军合力不齐，踌躇而雁行。势利使人争，嗣还自相戕。淮南弟称号，刻玺于北方。铠甲生虮虱，万姓以死亡。白骨露于野，千里无鸡鸣。生民百遗一，念之断人肠。

精 列

厥初生，造划之陶物，莫不有终期。莫不有终期，圣贤不能免，何为怀此忧？愿螭龙之驾，思想昆仑居。思想昆仑居，见期于迂怪，志意在蓬莱。志意在蓬莱，周礼圣徂落，会稽以坟丘。会稽以坟丘，陶陶谁能度？君子以弗忧。年之暮奈何，时过时来微。

对 酒

对酒歌，太平时，吏不呼门。王者贤且明，宰相股肱皆忠良。咸礼让，民无所争讼。三年耕有九年储，仓谷满盈。班白不负戴。雨泽如此，百谷用成。却走马，以粪其土田。爵公侯伯子男，咸爱其民，以黜陟幽明。子养有若父与兄。犯礼法，轻重随其刑。路无拾遗之私。囹圄空虚，冬节不断。人耄耋，皆得以寿终。恩德广及草木昆虫。

陌上桑

驾虹霓，乘赤云，登彼九疑历玉门。济天汉，至昆仑。见西王母，谒东君。交赤松，及羡门，受要秘道爱精神。食芝英，饮醴泉，柱杖桂枝，佩秋兰。绝人事，游浑元。若疾风游欻飘翩。景未移，行数千。寿如南山不忘愆。

短歌行（二首）

其　一

对酒当歌，人生几何？譬如朝露，去日苦多。慨当以慷，幽思难忘。何以解忧？唯有杜康。青青子衿，悠悠我心。但为君故，沉吟至今。呦呦鹿鸣，食野之苹。我有嘉宾，鼓瑟吹笙。明明如月，何时可掇？忧从中来，不可断绝。越陌度阡，枉用相存。契阔谈讌，心念旧恩。月明星稀，乌鹊南飞。绕树三匝，何枝可依？山不厌高，海不厌深。周公吐哺，天下归心。

其　二

周西伯昌，怀此圣德。三分天下，而有其二。修奉贡献，臣节不坠。崇侯谗之，是以拘系。后见赦原，赐之斧钺，得使专征，为仲尼所称。达及德行，犹奉事殷，论叙其美。齐桓之功，为霸之道。九合诸侯，一匡天下。一匡天下，不以兵车。正而不谲，其德传称。孔子所叹，并称夷吾，民受其恩，赐与庙胙，命无下拜。小白不敢尔，天威在颜咫尺。晋文亦霸，躬奉天王。受赐珪瓒，秬鬯彤弓。卢弓矢千，虎贲三百人。威服诸侯，师之者尊。八方闻之，名亚齐桓。河阳之会，诈称周王，是以其名纷葩。

苦寒行

北上太行山，艰哉何巍巍！羊肠坂诘屈，车轮为之摧。树木何萧瑟！北风声正悲。熊罴对我蹲，虎豹夹路啼。谿谷少人民，雪落何霏霏。延颈长叹息，远行多所怀。我心何怫郁？思欲一东归。水深桥梁绝，中路正徘徊。迷惑失故路，薄暮无宿栖。行行日已远，人马同时饥。担囊行取薪，斧冰持作糜。悲彼东山诗，悠悠使我哀。

步出夏门行（五首）

艳

云行雨步，超越九江之皋。临观异同，心意怀游豫，不知当复何从。经过至我碣石，心惆怅我东海。

观沧海

东临碣石，以观沧海。水何澹澹，山岛竦峙。树木丛生，百草丰茂。秋风萧瑟，洪波涌起。日月之行，若出其中；星汉灿烂，若出其里。幸甚至哉，歌以咏志。

冬十月

孟冬十月，北风徘徊，天气肃清，繁霜霏霏。鹍鸡晨鸣，鸿雁南飞，鸷鸟潜藏，熊罴窟栖。钱镈停置，农收积场。逆旅整设，以通贾商。幸甚至哉，歌以咏志。

土不同

乡土不同，河朔隆寒。流澌浮漂，舟船行难。锥不入地，蘴藾深奥。水竭不流，冰坚可蹈。士隐者贫，勇侠轻非。心常叹怨，戚戚多悲。幸甚至哉，歌以咏志。

龟虽寿

神龟虽寿，犹有竟时。腾蛇乘雾，终为土灰。老骥伏枥，志在千里；烈士暮年，壮心不已。盈缩之期，不但在天；养怡之福，可得永年。幸甚至哉，歌以咏志。

却东西门行

鸿雁出塞北，乃在无人乡。举翅万余里，行止自成行。冬节食南稻，春日复北翔。田中有转蓬，随风远飘扬。长与故根绝，万岁不相当。奈何此征夫，安得去四方！戎马不解鞍，铠甲不离傍。冉冉老将至，何时返故乡？神龙藏深泉，猛兽步高冈。狐死归首丘，故乡安可忘？

曹丕诗选（二十首）

黎阳作（四首）

其　一

朝发邺城，夕宿韩陵。霖雨载途，舆人困穷。载驰载驱，沐雨栉风。舍我高殿，何为泥中？在昔周武，爰暨公旦。载主而征，救民涂炭。彼此一时，唯天所赞。我独何人，能不靖乱？

其　二

殷殷其雷，濛濛其雨。我徒我车，涉此艰阻。遵彼洹湄，言刈其楚。班之中路，涂潦是御。辚辚大车，载低载昂。嗷嗷仆夫，载仆载僵。蒙涂冒雨，沾衣濡裳。

其　三

千骑随风靡，万骑正龙骧。金鼓震上下，干戚纷纵横。白旄若素霓，丹旗发朱光。追思太王德，胥宇识足臧。经历万岁林，行行到黎阳。

其　四

奉辞罚罪遐征，晨过黎山巉峥。东济黄河金营，北观故宅顿倾。中有高楼亭亭，荆棘绕蕃丛生。南望果园青青，霜露惨凄宵零。彼桑梓兮伤情。

芙蓉池作

乘辇夜行游，逍遥步西园。双渠相溉灌，嘉木绕通川。卑枝拂羽盖，修条摩苍天。惊风扶轮毂，飞鸟翔我前。丹霞夹明月，华星出云间。上天垂光彩，五色一何鲜。寿命非松乔，谁能得神仙。遨游快心意，保己终百年。

于玄武陂作

兄弟共行游，驱车出西城。野田广开辟，川渠互相经。黍稷何郁郁，流波激悲声。菱芡覆绿水，芙蓉发丹荣。柳垂重荫绿，向我池边生。乘渚望长洲，群鸟讙哗鸣。萍藻泛滥浮，澹澹随风倾。忘忧共容与，畅此千秋情。

清河作

方舟戏长水，澹澹自浮沉。弦歌发中流，悲响有余音。音声入君怀，凄怆伤人心。心伤安所念？但愿恩情深。愿为晨风鸟，双飞翔北林。

代刘勋出妻王氏作（二首）

其　一

翩翩床前帐，张以蔽光辉。昔将尔同去，今将尔共归。缄藏箧笥里，当复何时披？

其　二

谁言去妇薄？去妇情更重。千里不唾井，况乃昔所奉。远望未为遥，踌躇不得共。

短歌行

仰瞻帷幕，俯察几筵。其物如故，其人不存。神灵倏忽，弃我遐迁。靡瞻靡恃，泣涕连连。呦呦游鹿，草草鸣麑。翩翩飞鸟，挟子巢枝。我独孤茕，怀此百离。忧心孔疚，莫我能知。人亦有言，忧令人老。嗟我白发，生一何蚤？长吟永叹，怀我圣考。曰仁者寿，胡不是保？

秋胡行

朝与佳人期，日夕殊不来。嘉肴不尝，旨酒停杯。寄言飞鸟，告余不能。俯折兰英，仰结桂枝。佳人不在，结之何为？从尔何所之？乃在大海隅。灵若道言，贻尔明珠。企予望之，步立踟蹰。佳人不来，何得斯须？

善哉行（二首）

其　一

上山采薇，薄暮苦饥。溪谷多风，霜露沾衣。野雉群雊，猿猴相追。还望故乡，郁何垒垒。高山有崖，林木有枝。忧来无方，人莫之知。人生如寄，多忧何为。今我不乐，岁月如驰。汤汤川流，中有行舟。随波转薄，有似客游。策我良马，被我轻裘。载驰载驱，聊以忘忧。

其　二

有美一人，婉如清扬。妍姿巧笑，和媚心肠。知音识曲，善为乐方。哀弦微妙，清气含芳。流郑激楚，度宫中商。感心动耳，绮丽难忘。离鸟夕宿，在彼中洲。延颈鼓翼，悲鸣相求。眷然顾之，使我心愁。嗟尔昔人，何以忘忧。

丹霞蔽日行

丹霞蔽日，采虹垂天。谷水潺潺，木落翩翩。孤禽失群，悲鸣云间。月盈则冲，华不再繁。古来有之，嗟我何言。

煌煌京洛行

夭夭园桃，无子空长。虚美难假，偏轮不行。淮阴五刑，鸟尽弓藏。保身全名，独有子房。大愤不收，褒衣无带。多言寡诚，抵令事败。苏秦之说，六国以亡。倾侧卖主，车裂固当。贤矣陈轸，忠而有谋。楚怀不从，祸卒不救。祸夫吴起，智小谋大，西河何健，伏尸何劣。嗟彼郭生，古之雅人，智矣燕昭，可谓得臣。峨峨仲连，齐之高士，北辞千金，东蹈沧海。

十　五

登山而远望，谿谷多所有。楩枏千余尺，众草芝盛茂。华叶耀人目。五色难可纪。雉雊山鸡鸣，虎啸谷风起。号罴当我道，狂顾动牙齿。

折扬柳行

西山一何高，高高殊无极。上有两仙僮，不饮亦不食。与我一丸药，光耀有五色。服药四五日，身体生羽翼。轻举乘浮云，倏忽行万亿。流览观四海，茫茫非所识。彭祖称七百，悠悠安可原？老聃适西戎，于今竟不还。王乔假虚辞，赤松垂空言。达人识真伪，愚夫好妄传。追念往古事，愦愦千万端。百家多迂怪，圣道我所观。

燕歌行（二首）

其　一

秋风萧瑟天气凉，草木摇落露为霜。群燕辞归鹄南翔，念君客游思断肠，慊慊思归恋故乡，君何淹留寄他方？贱妾茕茕守空房，忧来思君不敢忘，不觉泪下沾衣裳。援琴鸣弦发清商，短歌微吟不能长。明月皎皎照我床，星汉西流夜未央。牵牛织女遥相望，尔独何辜限河梁。

其　二

别日何易会日难，山川悠远路漫漫。郁陶思君未敢言，寄声浮云往不还。涕零雨面毁容颜，谁能怀忧独不叹？展诗清歌聊自宽，乐往哀来摧肺肝。耿耿伏枕不能眠，披衣出户步东西，仰看星月观云间。飞鸧晨鸣声可怜，留连顾怀不能存。

大墙上蒿行

阳春无不长成。草木群类，随大风起。零落若何翩翩，中心独立一何茕！四时舍我驱驰，今我隐约欲何为？人生居天地间，忽如飞鸟栖枯枝。我今隐约欲何为？

适君身体所服，何不恣君口腹所尝？冬被貂鼲温暖，夏当服绮罗轻凉。行力自苦，我将欲何为？不及君少壮之时，乘坚车策肥马良。上有仓浪之天，今我难得久来视；下有蠕蠕之地，今我难得久来履。何不恣意遨游，从君所喜？

带我宝剑。今尔何为自低昂？悲丽乎壮观，白如积雪利秋霜。驳犀标首，玉琢中央。帝王所服，辟除凶殃。御左右，奈何致福祥？吴之辟闾，越之步光，楚之龙泉，韩有墨阳，苗山之铤，羊头之钢。知名前代，咸自谓丽且美，曾不如君剑良绮难忘。

冠青云之崔嵬，纤罗为缨，饰以翠翰，既美且轻。表容仪，俯仰垂光荣。宋之章甫，齐之高冠，亦自谓美，盖何足观？

排金铺，坐玉堂。风尘不起，天气清凉。奏桓瑟，舞赵倡。女娥长歌，声协宫商。感心动耳，荡气回肠。酌桂酒，脍鲤鲂。与佳人期为乐康。前奉玉卮，为我行觞。

今日乐，不可忘，乐未央。为乐常苦迟，岁月逝，忽若飞。何为自苦，使我心悲？

曹植诗选（五十首）

公　宴

公子敬爱客，终宴不知疲。清夜游西园，飞盖相追随。明月澄清影，列宿正参差。秋兰被长坂，朱华冒绿池。潜鱼跃清波，好鸟鸣高枝。神飙接丹毂，轻辇随风移。飘飖放志意，千秋长若斯。

侍太子坐

白日曜青春，时雨静飞尘。寒冰辟炎景，凉风飘我身。清醴盈金觞，肴馔纵横陈。齐人进奇乐，歌者出西秦。翩翩我公子，机巧忽若神。

送应氏（二首）

其　一

步登北邙阪，遥望洛阳山。洛阳何寂寞！宫室尽烧焚。垣墙皆顿擗，荆棘上参天。不见旧耆老，但睹新少年。侧足无行径，荒畴不复田。游子久不归，不识陌与阡。中野何萧条！千里无人烟。念我平常居，气结不能言。

其　二

清时难屡得，嘉会不可常。天地无终极，人命若朝霜。愿得展嬿婉，我友之朔方。亲昵并集送，置酒此河阳。中馈岂独薄？宾饮不尽觞。爱至望苦深，岂不愧中肠？山川阻且远，别促会日长。愿为比翼鸟，施翮起高翔。

杂诗（六首）

其　一

高台多悲风，朝日照北林。之子在万里，江湖迥且深。方舟安可极？离思故难任。孤雁飞南游，过庭长哀吟。翘思慕远人，愿欲托遗音。形影忽不见，翩翩伤我心。

其　二

转蓬离本根，飘飖随长风。何意回飚举，吹我入云中。高高上无极，天路安可穷？类此游客子，捐躯远从戎。毛褐不掩形，薇藿常不充。去去莫复道，沉忧令人老。

其　三

西北有织妇，绮缟何缤纷！明晨秉机杼，日昃不成文。太息终长夜，悲啸入青云。妾身守空闺，良人行从军。自期三年归，今已历九春。飞鸟绕树翔，噭噭鸣索群。愿为南流景，驰光见我君。

其　四

南国有佳人，容华若桃李。朝游江北岸，夕宿潇湘沚。时俗薄朱颜，谁为发皓齿。俯仰岁将暮，荣曜难久恃。

其　五

仆夫早严驾，吾行将远游。远游欲何之？吴国为我仇。将骋万里涂，东路安足由？江介多悲风，淮泗驰急流。愿欲一轻济，惜哉无方舟。闲居非吾志，甘心赴国忧。

其　六

飞观百余尺，临牖御棂轩。远望周千里，朝夕见平原。烈士多悲心，小人媮自闲。国雠亮不塞，甘心思丧元。拊剑西南望，思欲赴太山。弦急悲声发，聆我慷慨言。

喜　雨

天覆何弥广！苞育此群生。弃之必憔悴，惠之则滋荣。庆云从北来，郁述西南征。时雨终夜降，长雷周我廷。嘉种盈膏壤，登秋必有成。

赠徐幹

惊风飘白日，忽然归西山。圆景光未满，众星粲以繁。志士营世业，小人亦不闲。聊且夜行游，游彼双阙间。文昌郁云兴，迎风高中天。春鸠鸣飞栋，流猋激棂轩。顾念蓬室士，贫贱诚可怜。薇藿弗充虚，皮褐犹不全。慷慨有悲心，兴文自成篇。宝弃怨何人？和氏有其愆。弹冠俟知己，知己谁不然？良田无晚岁，膏泽多丰年。亮怀玙璠美，积久德愈宣。亲交义在敦，申章复何言？

赠丁仪

初秋凉气发，庭树微销落。凝霜依玉除，清风飘飞阁。朝云不归山，霖雨成川泽。黍稷委畴陇，农夫安所获？在贵多忘贱，为恩谁能博？狐白足御冬，焉念无衣客？思慕延陵子，宝剑非所惜。子其宁尔心，亲交义不薄。

赠王粲

端坐苦愁思，揽衣起西游。树木发春华，清池激长流。中有孤鸳鸯，哀鸣求匹俦。我愿执此鸟，惜哉无轻舟。欲归忘故道，顾望但怀愁。悲风鸣我侧，羲和逝不留。重阴润万物，何惧泽不周？谁令君多念，遂使怀百忧。

赠白马王彪（并序）

黄初四年五月，白马王、任城王与余俱朝京师、会节气。到洛阳，任城王薨。至七月与白马王还国。后有司以二王归藩，道路宜异宿止，意毒恨之。盖以大别在数日，是用自剖，与王辞焉，愤而成篇。

谒帝承明庐，逝将归旧疆。清晨发皇邑，日夕过首阳。伊洛广且深，欲济川无梁。泛舟越洪涛，怨彼东路长。顾瞻恋城阙，引领情内伤。

太谷何寥廓，山树郁苍苍。霖雨泥我涂，流潦浩纵横。中逵绝无轨，改辙登高岗。修坂造云日，我马玄以黄。

玄黄犹能进，我思郁以纡。郁纡将何念，亲爱在离居。本图相与偕，中更不克俱。鸱枭鸣衡轭，豺狼当路衢。苍蝇间白黑，谗巧令亲疏。欲还绝无蹊，揽辔止踟蹰。

踟蹰亦何留？相思无终极。秋风发微凉，寒蝉鸣我侧。原野何萧条，白日忽西匿。归鸟赴乔林，翩翩厉羽翼。孤兽走索群，衔草不遑食。感物伤我怀，抚心长太息。

太息将何为，天命与我违。奈何念同生，一往形不归。孤魂翔故域，灵柩寄京师。存者忽复过，亡没身自衰。人生处一世，去若朝露晞。年在桑榆间，影响不能追。自顾非金石，咄唶令心悲。

心悲动我神，弃置莫复陈。丈夫志四海，万里犹比邻。爱恩苟不亏，在远分日亲。何必同衾帱，然后展殷勤。忧思成疾疢，无乃儿女仁。仓卒骨肉情，能不怀苦辛？

苦辛何虑思，天命信可疑。虚无求列仙，松子久吾欺。变故在斯须，百年谁能持？离别永无会，执手将何时？王其爱玉体，俱享黄发期。收泪即长路，援笔从此辞。

赠丁翼

嘉宾填城阙，丰膳出中厨。吾与二三子，曲宴此城隅。秦筝发西气，齐瑟扬东讴。肴来不虚归，觞至反无余。我岂狎异人？朋友与我俱。大国多良材，譬海出明珠。君子义休偫，小人德无储。积善有余庆，荣枯立可须。滔荡固大节，世俗多所拘。君子通大道，无愿为世儒。

朔　风

仰彼朔风，用怀魏都。愿骋代马，倏忽北徂。凯风永至，思彼蛮方。愿随越鸟，翻飞南翔。四气代谢。悬景运周。别如俯仰，脱若三秋。昔我初迁。朱华未希。今我旋止。素雪云飞。俯降千仞，仰登天阻。风飘蓬飞，载离寒暑。千仞易陟，天阻可越。昔我同袍，今永乖别。子好芳草，岂忘尔贻？繁华将茂，秋霜悴之。君不垂眷，岂云其诚？秋兰可喻，桂树冬荣。弦歌荡思，谁与销忧？临川慕思，何为泛舟？岂无和乐？游非我邻。谁忘泛舟？愧无榜人。

三　良

功名不可为，忠义我所安。秦穆先下世，三臣皆自残。生时等荣乐，既没同忧患。谁言捐躯易，杀身诚独难。揽涕登君墓，临穴仰天叹。长夜何冥冥，一往不复还。黄鸟为悲鸣，哀哉伤肺肝。

情　诗

微阴翳阳景，清风飘我衣。游鱼潜渌水，翔鸟薄天飞。眇眇客行士，徭役不得归。始出严霜结，今来白露晞。游者叹黍离，处者歌式微。慷慨对嘉宾，凄怆内伤悲。

弃妇诗

石榴植前庭，绿叶摇缥青。丹华灼烈烈，璀彩有光荣。光荣晔流离，可以处淑灵。翠鸟飞来集，拊翼以悲鸣。悲鸣夫何为，丹华实不成。拊心长叹息，无子当归宁。有子月经天，无子若流星。天月相终始，流星没无精。栖迟失所宜，下与瓦石并。忧怀从中来，叹息通鸡鸣。反侧不能寐，逍遥于前庭。踟蹰还入房，肃肃帷幕声。搴帷更摄带，抚弦调鸣筝。慷慨有余音，要妙悲且清。收泪长叹息，何以负神灵。招摇待霜露，何必春夏成？晚获为良实，愿君且安宁。

失　题

双鹤俱远游，相失东海傍。雄飞窜北朔，雌惊赴南湘。弃我交颈欢，离别各异方。不惜万里道，但恐天网张。

箜篌引

置酒高殿上，亲交从我游。中厨办丰膳，烹羊宰肥牛。秦筝何慷慨，齐瑟和且柔。阳阿奏奇舞，京洛出名讴。乐饮过三爵，缓带倾庶羞。主称千金寿，宾奉万年酬。久要不可忘，薄终义所尤。谦谦君子德，磬折何所求？惊风飘白日，光景驰西流。盛时不再来，百年忽我遒。生存华屋处，零落归山丘。先民谁不死，知命复何忧？

升天行（二首）

其　一

乘跻追术士，远之蓬莱山。灵液飞素波，兰桂上参天。玄豹游其下，翔鹍戏其巅。乘风忽登举，仿佛见众仙。

其　二

扶桑之所出，乃在朝阳谿。中心陵苍昊，布叶盖天涯。日出登东干，既夕殁西枝。愿得纡阳辔，回日使东驰。

仙人篇

仙人揽六箸，对博太山隅。湘娥拊琴瑟，秦女吹笙竽。玉樽盈桂酒，河伯献神鱼。四海一何局，九州安所如。韩终与王乔，要我于天衢。万里不足步，轻举凌太虚。飞腾逾景云，高风吹我躯。回驾观紫微，与帝合灵符。阊阖正嵯峨，双阙万丈余。玉树扶道生，白虎夹门枢。驱风游四海，东过王母庐。俯观五岳间，人生如寄居。潜光养羽翼，进趋且徐徐。不见轩辕氏，升龙出鼎湖？徘徊九天下，与尔长相须。

白马篇

白马饰金羁，连翩西北驰。借问谁家子？幽并游侠儿。少小去乡邑，扬声沙漠垂。宿昔秉良弓，楛矢何参差！控弦破左的，右发摧月支。仰手接飞猱，俯身散马蹄。狡捷过猴猿，勇剽若豹螭。边城多警急，虏骑数迁移。羽檄从北来，厉马登高堤。长驱蹈匈奴，左顾陵鲜卑。弃身锋刃端，性命安可怀？父母且不顾，何言子与妻！名在壮士籍，不得中顾私。捐躯赴国难，视死忽如归。

名都篇

名都多妖女，京洛出少年。宝剑直千金，被服丽且鲜。斗鸡东郊道，走马长楸间。驰骋未能半，双兔过我前。揽弓捷鸣镝，长驱上南山。左挽因右发，一纵两禽连。余巧未及展，仰手接飞鸢。观者咸称善，众工归我妍。我归宴平乐，美酒斗十千。脍鲤臇胎鰕，炮鳖炙熊蹯。鸣俦啸匹侣，列坐竟长筵。连翩击鞠壤，巧捷惟万端。白日西南驰，光景不可攀。云散还城邑，清晨复来还。

薤露行

天地无穷极，阴阳转相因。人居一世间，忽若风吹尘。愿得展功勤，输力于明君。怀此王佐才，慷慨独不群。鳞介尊神龙，走兽宗麒麟。虫兽犹知德，何况于士人？孔氏删诗书，王业灿已分。骋我径寸翰，流藻垂华芬。

豫章行（二首）

其　一

穷达难预图，祸福信亦然。虞舜不逢尧，耕耘处中田。太公未遭文，渔钓终渭川。不见鲁孔丘，穷困陈蔡间？周公下白屋，天下称其贤。

其　二

鸳鸯自朋亲，不若比翼连。他人虽同盟，骨肉天性然。周公穆康叔，管蔡则流言。子臧让千乘，季札慕其贤。

美女篇

美女妖且闲，采桑歧路间。柔条纷冉冉，落叶何翩翩！攘袖见素手，皓腕约金环。头上金爵钗，腰佩翠琅玕。明珠交玉体，珊瑚间木难。罗衣何飘飘，轻裾随风还。顾盼遗光彩，长啸气若兰。行徒用息驾，休者以忘餐。借问女何居，乃在城南端。青楼临大路，高门结重关。容华耀朝日，谁不希令颜？媒氏何所营？玉帛不时安。佳人慕高义，求贤良独难。众人徒嗷嗷，安知彼所观？盛年处房室，中夜起长叹。

五　游

九州不足步，愿得凌云翔。逍遥八纮外，游目历遐荒。披我丹霞衣，袭我素霓裳。华盖芬晻蔼，六龙仰天骧。曜灵未移景，倏忽造昊苍。阊阖启丹扉，双阙曜朱光。徘徊文昌殿，登陟太微堂。上帝休西棂，群后集东厢。带我琼瑶佩，漱我沆瀣浆。踟蹰玩灵芝，徙倚弄华芳。王子奉仙药，羡门进奇方。服食享遐纪，延寿保无疆。

泰山梁甫行

八方各异气，千里殊风雨。剧哉边海民，寄身于草墅。妻子像禽兽，行止依林阻。柴门何萧条！狐兔翔我宇。

怨歌行

为君既不易，为臣良独难。忠信事不显，乃有见疑患。周公佐成王，金縢功不刊。推心辅王室，二叔反流言。待罪居东国，泣涕常流连。皇灵大动变，震雷风且寒。拔树偃秋稼，天威不可干。素服开金縢，感悟求其端。公旦事既显，成王乃哀叹。吾欲竟此曲，此曲悲且长。今日乐相乐，别后莫相忘。

平陵东行

阊阖开，天衢通，被我羽衣乘飞龙。与仙期，东上蓬莱采灵芝。灵芝采之可服食，年若王父无终极。

苦思行

绿萝缘玉树。光耀灿相晖。下有两真人。举翅翻高飞。我心何踊跃！思欲攀云追。郁郁西岳巅。石室青葱与天连。中有耆年一隐士。须发皆皓然。策杖从我游。教我要忘言。

远游篇

远游临四海，俯仰观洪波。大鱼若曲陵，承浪相经过。灵鳌戴方丈，神岳俨嵯峨。仙人翔其隅，玉女戏其阿。琼蕊可疗饥，仰首吸朝霞。昆仑本吾宅，中州非我家。将归谒东父，一举超流沙。鼓翼舞时风，长啸激清歌。金石固易弊，日月同光华。齐年与天地，万乘安足多。

吁嗟篇

吁嗟此转蓬，居世何独然！长去本根逝，宿夜无休闲。东西经七陌，南北越九阡。卒遇回风起，吹我入云间。自谓终天路，忽然下沉泉。惊飙接我出，故归彼中田。当南而更北，谓东而反西。宕宕当何依，忽亡而复存。飘飖周八泽，连翩历五山。流转无恒处，谁知吾苦艰？愿为中林草，秋随野火燔。糜灭岂不痛，愿与株荄连。

鰕䱇篇

鰕䱇游潢潦，不知江海流。燕雀戏藩柴，安识鸿鹄游？世士此诚明，大德固无俦。驾言登五岳，然后小陵丘。俯观上路人，势利惟是谋。高念翼皇家，远怀柔九州。抚剑而雷音。猛气纵横浮。泛泊徒嗷嗷。谁知壮士忧？

种葛篇

种葛南山下，葛藟自成阴。与君初婚时，结发恩义深。欢爱在枕席，宿昔同衣衾。窃慕棠棣篇，好乐和瑟琴。行年将晚暮，佳人怀异心。恩纪旷不接，我情遂抑沉。出门当何顾？徘徊步北林。下有交颈兽，仰有双栖禽。攀枝长叹息，泪下沾罗衿。良马知我悲，延颈代我吟。昔为同池鱼，今为商与参。往古皆欢遇，我独困于今。弃置委天命，悠悠安可任。

浮萍篇

浮萍寄清水，随风东西流。结发辞严亲，来为君子仇。恪勤在朝夕，无端获罪尤。在昔蒙恩惠，和乐如瑟琴。何意今摧颓，旷若商与参。茱萸自有芳，不若桂与兰。新人虽可爱，无若故所欢。行云有反期，君恩倘中还。慊慊仰天叹，愁心将何愬。日月不恒处，人生忽若寓。悲风来入帷，泪下如垂露。散箧造新衣，裁缝纨与素。

当来日大难

日苦短，乐有余，乃置玉樽办东厨。广情故，心相于，阖门置酒，和乐欣欣。游马后来，辕车解轮。今日同堂，出门异乡。别易会难，各尽杯觞。

野田黄雀行

高树多悲风，海水扬其波。利剑不在掌，结友何须多？不见篱间雀，见鹞自投罗？罗家得雀喜，少年见雀悲。拔剑捎罗网，黄雀得飞飞。飞飞摩苍天，来下谢少年。

七 哀

明月照高楼，流光正徘徊。上有愁思妇，悲叹有余哀。借问叹者谁，言是宕子妻。君行逾十年，孤妾常独栖。君若清路尘，妾若浊水泥。浮沉各异势，会合何时谐？愿为西南风，长逝入君怀。君怀良不开，贱妾当何依？

门有万里客行

门有万里客，问君何乡人。褰裳起从之，果得心所亲。挽裳对我泣，太息前自陈。本是朔方士，今为吴越民。行行将复行，去去适西秦。

桂之树行

桂之树，桂之树。桂生一何丽佳！扬朱华而翠叶，流芳布天涯。上有栖鸾，下有盘螭。桂之树，得道之真人，咸来会讲仙，教尔服食日精。要道甚省不烦，淡泊无为自然。乘跻万里之外，去留随意所欲存。高高上际于众外，下下乃穷极地天。

当墙欲高行

龙欲升天须浮云，人之仕进待中人。众口可以铄金，谗言三至，慈母不亲。愦愦俗间，不辨伪真。愿欲披心自说陈，君门以九重，道远河无津。

当欲游南山行

东海广且深，由卑下百川。五岳虽高大，不逆垢与尘。良木不十围，洪条无所因。长者能博爱，天下寄其身。大匠无弃材，船车用不均。锥刀各异能，何所独却前。嘉善而矜愚，大圣亦同然。仁者各寿考，四坐咸万年!

盘石篇

盘盘山巅石，飘飖涧底蓬。我本泰山人，何为客淮东。蒹葭弥斥土，林木无分重。岸岩若崩缺，湖水何汹汹。蚌蛤被滨涯，光彩如锦虹。高彼凌云霄，浮气象螭龙。鲸脊若丘陵，须若山上松。呼吸吞船欐，澎濞戏中鸿。方舟寻高价，珍宝丽以通。一举必千里，乘飔举帆幢。经危履险阻，未知命所钟。常恐沈黄垆，下与鼋鳖同。南极苍梧野，游盼穷九江。中夜指参辰，欲师当定从。仰天长太息，思想怀故邦。乘桴何所志，吁嗟我孔公!

精微篇

精微烂金石，至心动神明。杞妻哭死夫，梁山为之倾。子丹西质秦，乌白马角生。邹衍囚燕市，繁霜为夏零。关东有贤女，自字苏来卿。壮年报父仇，身没垂功名。女休逢赦书，白刃几在颈。俱上列仙籍，去死独就生。太仓令有罪，远征当就拘。自悲居无男，祸至无与俱。缇萦痛父言，荷担西上书。盘桓北阙下，泣泪何涟如！乞得并姊弟，没身赎父躯。汉文感其义，肉刑法用除。其父得以免，辩义在列图。多男亦何为，一女足成居。简子南渡河，津吏废舟船。执法将加刑，女娟拥棹前。妾父闻君来，将涉不测渊。长惧风波起，祷祝祭名川。备礼飨神祇，为君求福先。不胜釂祀诚，教令犯罚艰。君必欲加诛，乞使知罪諐。妾愿以身代！至诚感苍天。国君高其义，其父用赦原。河激奏中流，简子知其贤。归聘为夫人，荣宠超后先。辩女解父命，何况健少年。黄初发和气，明堂德教施。治道致太平，礼乐风俗移。刑措民无枉，怨女复何为。圣皇长寿考，景福常来仪。

后记

这是一本根据我在《百家讲坛》上讲《诗歌三曹》的讲稿、录音整理而成的小书，小到可能不会在他人生命激起涟漪。由于时间仓促、个人才疏学浅，或许书中还有所错讹，见笑于方家。但是，我依然珍视，毕竟这是我在《百家讲坛》的第一本书，也是在高负荷的工作之余，尽职尽责之后，牺牲休息时间完成的。以前人们只知道我是个中学教师，直到这本书的出现，起码告诉很多人，我不仅仅是一位中学老师，能来到这个更大的讲坛上，除了作为中学教师躬耕教育的一些成果外，更有作为北师大古典文学专业毕业生在学术上多年的努力所取得的小小成就。能有这种认可，不负此生。

然而，我不敢满意。毕竟是针对所有观众所做的节目、所出的书，还有很多深沉的东西只能通过一两句话体现出来，这中间的过程——也就是最精彩得地方，不能细说。我会在后面的节目中，尽量让每一句话都更为精彩，有更丰富的内涵：这对我的学术研究是一种最严格的训练，也是最高的要求——微言大义。另外，我是个个性鲜明、风趣幽默的人，但是我还没有真正展示出我日常的那一面，不能不说是第一个节目中的遗憾。为了将来有更好的节目，即使竭尽全力，当是无悔。

我不敢满意的原因更在于，父母在天之灵还需要我用更多的努力来告慰。我的母亲曾斜卧在病榻上看了2013年录制的试讲样片，但是她却没有能等到节目真正播出的那一天，没能把这个消息直接带给生时心念诗书的父亲。直到 2017 年清明给父母立碑的时候，我才能祭告于墓前，我相信我的父母一定在天上看着我，庇佑着我、我的家人。

故此，未来还有很多事情要做，还有更长的路要走，踏踏实实地去做人、做事，也希望经历了诸般跌宕起伏，有十数年的卧薪尝胆历程可堪回味。愿不流于浓艳，不陷于枯寂。

如是，足矣。

回头想来，除了不能自满以外，更需要的是感恩。没有很多人在背后的支持，即使我竭尽全力奔跑，可能还只能是一声声叹息。一个人做成一件事，重要的不是认清他人，而是认清自己，虽然自己与自己最近，认清自己最难。只有认清了自己，方知他人之意义。

所以，我很感恩。

这个节目的录制过程中有很多故事，每念于兹，歉疚满满，可是等了很久才有机会表示感谢。央视《百家讲坛》栏目现任制片人那尔苏老师、编导王珊老师，为这个节目倾注了很多心血；《百家讲坛》原制片人聂丛丛老师，以及我视为兄长的国际频道制片人吕涛先生都曾给予我热情的鼓励、指导。我的老师、北京师范大学文学院院长过常宝先生欣然为拙作写序。过老师培养了我多年，虽然我学术上远未企及他对我的期待，但他的眼神中从来都是鼓励、肯定；北京师范大学的康震先生、江西师范大学的方志远先生极力推荐并写了许多抬爱、褒奖的话；因为一些古汉语音韵问题而屡屡烦扰的那些曾经一起求学的兄弟，如我的同学兼挚友——河北大学的刘青松、北京景山中学的袁忠欢、甘肃省图书馆的邵正春等；还有我的学生何天宇、田芳源等，天宇经常为我校对讲稿，芳源则经常“逼”我“新解”一些历史旧案，让我时刻保持思想的流动与维新，不敢怠慢。自然还有我的妻儿，是我的听众，也是提意见的骨干力量，他们以这种方式创造家庭的幸福的时光。

最后，我还要感谢中国财政经济出版社的潘飞、刘孺泾两位老师，尤其刘老师辛苦地为这本书做了很多读者不能详知的工作，且精益求精、一丝不苟。惜不能一一言表，只有再次表示感谢!

王翔